Dark Purple

&

The kiss of Rose

ANNA FAYE

ISBN: 1508523460
ISBN-13: 978-1508523468

Facebook:
https://www.facebook.com/AnnaFaye.Autorin

Bisher von Anna Faye erschienen:
Red Hot – The colour of Ruby
Dark Purple – The kiss of Rose

Herausgegeben von
Alexander Pohl
IDEEKARREE Leipzig
Alfred-Kästner-Str. 76
04275 Leipzig
www.ideekarree.de

Widmung

Für Eva

Es ist schön, dass wir uns gefunden haben

Du bist eine tolle Freundin

Ich drück dich

und wünsche dir alles Gute

für die bevorstehende Hochzeit

PROLOG

„Du musst dann wohl meine Freundin sein“, hörte ich einen Mann neben mir mit breitem Londoner Dialekt sagen.

Ich war gerade damit beschäftigt, mich darauf zu konzentrieren, ob ich die Olive in meinem Martiniglas bereits doppelt oder lediglich verschwommen sah, als ich diesen merkwürdigen Satz vernahm. Seine Stimme klang tief, sexy und vor allen Dingen fremd. Ich kannte diesen Kerl definitiv nicht und erst recht war ich niemandes Freundin.

Ob das wohl die dümmste Anmache aller Zeiten war oder was?

Innerlich zuckte ich die Schultern. Ja, sie musste es sein.

Ich blinzelte gegen meine verschwommene Sicht an und riss mich vom Anblick meines Drinks los, um den Fremden zu mustern, der sich auf den Barhocker neben mich gesetzt hatte. Er war etwas größer als ich und trug kurze Haare, die kaum länger als die Stoppeln seines

Dreitagebarts waren. Ich erkannte gerade noch, dass er sandfarbenes Haar hatte. Außerdem waren seine Augen von einem ziemlich verführerischen Ozeanblau. Aber hallo! Fast hätte ich ihm seinen platten Spruch verziehen. Ein wenig bekannt kam er mir nun doch vor. Ob ich ihn schon einmal auf dem Foto einer Zeitschrift gesehen hatte?

Ich setzte ein mitleidiges Lächeln auf. „Bist du etwa so allein, dass du sogar Beziehungen mit wildfremden Frauen eingehst, oder hältst du mich für so betrunken, dass ich nicht einmal mehr merke, dass wir kein Paar sind?“

Dabei rutschte mir ein kleines Hicksen heraus und ich schob den Martini von mir weg. Ganz bestimmt wollte ich nicht so beduselt enden, dass ich doch noch doppelt sah oder gar seitlich vom Stuhl fiel. Ich hatte mich ein wenig von den Gratisgetränken im VIP-Bereich verleiten lassen.

Der Mann lächelte mich an. „Ich weiß genau, wie du hier reingekommen bist“, raunte er und strich mit seinem Zeigefinger über meinen Handrücken. Die Härchen entlang meiner Wirbelsäule richteten sich auf. „Und entweder bist du meine Freundin oder aber eine Diebin, die sich in die Lounge meines Klubs gestohlen hat. Natürlich kann ich dich auch von meinen Sicherheitskräften abführen lassen. Was meinst du: Wäre dir das lieber?“

Ich meinte vor allem, dass mir gerade einfiel, woher ich ihn doch kannte ...

꘏ 1 ꘐ

Einen Tag zuvor ...

„Und willst du, Megan Young, den hier anwesenden Simon Wetherby heiraten? So antworte mit: ja."

„Oh, ja!", seufzte meine Schwester selig.

Ich hätte am liebsten die Augen verdreht, doch als Brautjungfer in der ersten Reihe gehörte sich das ebenso wenig wie Nasenbohren.

Da stand ich also und sah dabei zu, wie meine zwei Jahre jüngere Schwester meinen Exfreund heiratete. Fairerweise waren sie erst zusammengekommen, nachdem Simon und ich schon kein Paar mehr gewesen waren. Allerdings hatte er sich nach eineinhalb Jahren Beziehung bloß deshalb von mir getrennt, weil er sich in Meggie verliebt hatte.

Und nun heirateten sie, was jeder außer mir völlig okay zu finden schien.

Toll.

Ich würde mal auf die Luftschlangen und die

Fanfarenklänge verzichten.

Natürlich war ich nicht seit unserer Trennung von vor sechs Jahren völlig allein. Ich hatte mich mit ein paar Liebschaften abgelenkt – längere und manchmal auch sehr kurze Bettgeschichten. Aber eine Beziehung war nicht mehr dabei gewesen und ich vermisste es, wegen eines Kerls Schmetterlinge im Bauch zu haben.

Verliebtsein. Das war ewig her. Zum Glück war ich nicht mehr in Simon verliebt. Das hatte der Schock, dass seine Gefühle auf meine Schwester übergegangen waren, nachhaltig behoben. Ich hatte da eher gemeine Kastrationsfantasien entwickelt.

Doch woran ich mich wirklich noch genau erinnerte, war das Kribbeln im Bauch vor unserem ersten Kuss. Die Aufregung und der Rausch vor unserem ersten gemeinsamen Sex. Das Gefühl, alles und jeden besiegen zu können, weil man zu zweit und verliebt war. Also, ja, ich vermisste es, eine Beziehung zu haben, in der man glaubte, auf ewig durch dick und dünn gehen zu können und unverwundbar zu sein.

Aber konnte man als Fünfundzwanzigjährige überhaupt noch so lieben wie als Teenager? Irgendwie kam es mir vor, als wäre die rosarote Brille zusammen mit den wilden Hormonen der Pubertät verlorengegangen.

Meggie und Simon fielen sich gerade überglücklich um den Hals und besiegelten den Ehebund mit einem schamlosen Kuss in der Menge. Offensichtlich gab es das Gefühl, das ich so sehr vermisste, bei den beiden in rauen Mengen. Nur nicht bei mir. Simon hatte die Schmetterlinge und das Bauchkribbeln einfach mitgenommen, als er gegangen war. Nun schien Meggie sie zu besitzen.

Ich war gar nicht so eifersüchtig auf meine Schwester, weil sie Simon hatte, sondern darauf, dass sie so glücklich war. Und nun war sie auch noch verheiratet, obwohl sie doch die Jüngere von uns beiden war. Diese Hochzeit verlieh mir das Gefühl, eine riesige Versagerin zu sein. Dabei sollte ich mich eigentlich für Meggie freuen.

Das war diese Sache mit Gefühlen, die man sich wünschte und nicht hatte, und mit denen, die man nicht wollte und trotzdem verspürte.

„So ein schönes Paar", juchzten meine Eltern und Mom wischte sich eine Träne von der Wange. Meggie war ihr ganzer Stolz und als Jüngere natürlich das Nesthäkchen und die ewige Prinzessin.

Mein Dad hatte ein Vermögen für Meggies Brautkleid springen lassen. Sie sah darin aus wie ein eleganter, weißer Schwan mit ihrem engen Korsagenoberteil, das kunstvoll mit Perlenstickereien besetzt war, und dem bauschigen Rockteil aus feinster Spitze. Meggie war wirklich wunderschön. Meine Eltern waren zum Glück nicht arm, doch sie hatten in den letzten Jahren extra etwas auf die Seite gelegt für den Fall, dass eine von uns mal heiraten würde. Wenn ich mir die Feier so ansah, bezweifelte ich, dass von diesem Budget noch allzu viel übrig geblieben war.

Es war nicht so, dass es nun auf einer möglichen Hochzeit von mir bloß noch Puffreis und Second-Hand-Tüll geben würde, aber entweder fiele meine Feier deutlich kleiner aus oder meine Eltern rechneten einfach überhaupt nicht damit, dass es bei mir in der nächsten Zeit zu einer Hochzeit kommen könnte.

Ich war Single. Ich war sogar schon seit sechs Jahren Single. Aber hier, jetzt und heute spürte ich es wie einen Dorn im Fleisch sitzen und sehnte mich danach, endlich wieder nach Hause fahren und diese ganze Hochzeit hinter mir lassen zu können.

„Fotos!“, trällerte Meggies beste Freundin und winkte uns ins Freie, wo sich ein kleiner Park mit Rosengarten vor dem schottischen Landsitz befand. Jetzt im Juni blühten hier wunderschöne Rosen. Eigentlich ein ideales Motiv für meine eigene Hochzeit, denn schließlich hieß ich sogar Rose.

„Ich gehe nur schnell mein Make-Up kontrollieren“, erklärte ich, weil es ohnehin einen Moment dauern würde, bis sich alle draußen versammelt hätten.

„Sei aber pünktlich wieder zurück, Rose. Die Familienfotos sind wichtig.“ Mom war recht kleinlich und würde nicht zulassen, dass etwas den minutiösen Ablauf von Meggies schönstem Tag störte.

Ich nickte und stahl mich für eine kurze Verschnaufpause auf die Damentoilette. Erschöpft ließ ich mir kaltes Wasser über die Unterarme laufen. Simon und Meggie hatten einen wahren Hochzeitsmarathon hingelegt, der schon Tage vor der Zeremonie begonnen hatte. Mir war gar nicht klar gewesen, wie viele Vorfeierlichkeiten man eigentlich veranstalten konnte, aber Dank Gruppentanzkurs, Karaoke mit Liebesliedern, Begrüßungsessen und Junggesellenabschied hatten sich die über hundert Gäste alle schon vor der Heirat kennengelernt. Mir schwirrten Dutzende Namen und Smalltalks im Kopf umher.

Ich prüfte mein Äußeres im Spiegel. Durch Rouge und Bronzepuder sah ich nicht annähernd so welk aus, wie ich mich fühlte. Mein schulterlanges braunes Haar hatte ich aufgesteckt. Nur ein paar einzelne Strähnen fielen in mein Gesicht. Das trägerlose, lindgrüne Kleid, das alle fünf Brautjungfern tragen mussten, sah aus wie ein Verbrechen an der Modewelt. Ich musste es wissen, denn ich studierte Modedesign.

In dem kleinen Atelier in meiner Londoner Stadtwohnung hatte ich versucht, das Kleid aufzuhübschen. Leider hatte ich nicht allzu viel verändern dürfen, weil Meggie nicht gewollt hatte, dass ich von dem geklonten Aussehen ihrer anderen Brautjungfern abwich. Es war mir ein echtes Rätsel, warum wir alle gleich aussehen sollten. Vor allem gleich hässlich. Seufzend verdrehte ich die Augen. Der Look musste es wohl tun.

Ich begab mich zu dem perfekt gemähten englischen Rasen vor dem Gebäude. Selbst das Licht an diesem Tag war makellos. Alle strahlten, lachten und prosteten sich mit Sektgläsern zu, die vom Personal auf Tabletts angeboten wurden. Mein Onkel Mason hatte schon mächtig einen in der Krone und lachte lauter als jeder andere.

„Und damals bin ich dann Mitarbeiter des Jahres geworden“, johlte er. Als er später in den Ruhestand ging, hatte er sich das gerahmte Bild seiner glorreichen Tage von 1998 mitgenommen. Es hing nun bei ihm zu Hause über der Couch.

„Soll ich euch mal das Rezept für meinen Erfolg verraten?“ Er lachte und hielt sein Sektglas hoch. Ich hätte es ja noch verstehen können, wenn er dabei geholfen hätte, ein Mittel gegen Krebs zu erforschen, aber er war Versicherungsvertreter gewesen.

Während er von seinem schönsten Jahr berichtete, posierten Meggie und Simon indes für die Fotos. Sie standen sich gerade gegenüber, beugten sich über ein kleines Rosenbäumchen, das zwischen ihnen stand, legten ihre Handflächen aufeinander und lächelten sich glücklich an. Als sie das Motiv wechselten, passte Simon wie ein Bodyguard darauf auf, dass Meggie mit der weißen Spitze ihres Kleides nicht an den Rosenstacheln hängenblieb. Er behandelte sie immer so sorgsam wie ein rohes Ei.

„Sind die beiden nicht wundervoll?“, fragte meine Mutter und hakte sich bei mir unter. „Sie werden einmal so hübsche Kinder haben.“

Mom war einen halben Kopf kleiner und lehnte ihre Wange an meine Schulter. Für sie wurde gerade ein Traum wahr: Ihre Lieblingstochter und ihr erklärter Wunschschwiegersohn waren nun für immer vereint.

„Ja, bezaubernd. Das Kleid ist wirklich toll und der Anzug sitzt auch tadellos.“

Missbilligend schnalzte sie mit der Zunge. „Dass du immer nur an Mode denken kannst ...“ Dann stieß sie ein Seufzen aus. „Du hättest doch auch Lehramt studieren und bei uns in Edinburgh bleiben können.“

Ich schüttelte nur den Kopf. Unsere Vorstellungen lagen Welten voneinander entfernt.

Meine ganze Familie war typisch schottisch, was ihr Aussehen betraf. Mom, Dad und meine Schwester hatten kupferrote Haare. Nur meine waren braun. Auf Familienfotos sah ich immer aus wie die adoptierte Tochter oder das brünette Schaf der Familie. In jedem Fall wie ein Fremdkörper.

„Ich fühle mich sehr wohl in London“, sagte ich nur.

„Ja, aber all diese Engländer. Wir sind Schotten, Rose.“

Die meisten meiner Verwandten lebten in Edinburgh bis auf meine sehr drollige Großtante Rose, nach der ich benannt worden war, die ebenfalls braune Haare hatte und mir auf älteren Fotos sehr ähnlich sah.

„Ich war gerade erst an Ostern in Schottland“, wendete ich ein. „Und ich werde auch den Sommer da sein.“

„Was habe ich davon, wenn du die gesamte Zeit nur bei deiner Großtante in Inverness verbringst?“, klagte meine Mutter.

Ich fühlte mich dort mehr zu Hause als bei meinen Eltern. Aber das konnte ich Mom schlecht an den Kopf werfen. Also sagte ich, was sie ja sowieso glauben wollte: „Sie kommt immerhin für meinen Unterhalt in London auf.“

Doch es lag nicht am Geld, dass ich bei ihr gewesen war, auch wenn alle in ihr nur die reiche Erbtante sahen. Ich wünschte, sie wäre heute hier, aber sie konnte leider nicht mehr reisen. Dabei war sie die Einzige, die verstand, wie seltsam sich die Hochzeit meiner Schwester mit meinem Exfreund für mich anfühlte.

„Komm, wir sind dran“, verkündete Mom und schob mich zum Fotobereich.

Von dem ganzen Dauerlächeln der letzten Tage taten mir bereits die Gesichtsmuskeln weh und ich rieb kurz meine Wangen. Dann strahlte ich tapfer mit den anderen um die Wette und folgte den Anleitungen des Fotografen. Doch während ich unentwegt den Auslöser der Kamera hörte, konnte ich nur daran denken, dass Meggie heute Nacht mit meinem Exfreund vögeln würde. Herrje, wieso fiel mir das überhaupt ein? Das tat sie doch ohnehin schon seit Jahren. Hoffentlich sah man mir auf den Familienbildern später nichts davon an. Während das Ambiente dieser Hochzeit wirklich sehr schön war, passte mein verdammtes Innenleben mehr zu einem Gruselkabinett.

Später bei der Festtafel stupste meine Mutter mich dezent an. „Rose, möchtest du nicht vielleicht noch eine kleine Ansprache für deine Schwester halten?“

Unwohl spielte ich mit der Stoffserviette. „Es reicht doch, wenn Paps etwas sagt.“

„Aber du bist ihre Brautjungfer.“

„Ich und vier andere“, gab ich zu bedenken. „Wir können unmöglich alle eine Ansprache halten. Niemand mag es, wenn auf Hochzeiten hunderte von Reden geführt werden. Die Leute wollen feiern.“

„Aber sie ist deine Schwester ...“

Angespannt griff ich nach meinem Wasserglas und trank es halb leer. „Mom, versteh mich nicht falsch. Ich liebe sie wirklich, bloß was soll ich bitte sagen? Dass ich Simon für sie angewärmt habe und ihr nun alles Gute mit ihm wünsche?“

Meine Mutter schnappte nach Luft und bekam riesige Augen. „Natürlich nicht. Hab ein bisschen mehr Anstand.“

„Findest du es nicht seltsam, dass sie meinen Exfreund heiratet?“

Mom blinzelte mich verständnislos an. „Das ist doch schon kalter Kaffee. Ihr seid seit Jahren kein Paar mehr und Meggie und Simon passen viel besser zusammen.“ Sie nippte an ihrem Rotwein. „Ihr seid doch schon viel länger auseinander als ihr je zusammen wart.“

„Wie nett.“

„Wieso suchst du dir nicht endlich auch mal einen Freund und heiratest?“, schlug sie unbeirrt vor.

„Eigentlich hatte ich ja einen Freund.“

Mom tupfte sich empört die Lippen ab. „Jetzt hör aber mal auf. Deine Schwester war ebenfalls von Anfang an in Simon verliebt. Und die Ärmste musste damals genauso mit ansehen, wie du mit ihm zusammen warst. Da hat sie sich ja auch nicht über dich beschwert.“ Gerührt schüttelte sie den Kopf. „So ein tapferes kleines Mädchen.“

Dann schenkte sie mir einen tadelnden Blick. „Ich war doch diejenige, die sie immer hat trösten müssen, wenn sie deswegen Kummer hatte.“

Ich lächelte aufgesetzt. „Es hat mich immer so gerührt, wie viel Verständnis ihr alle für mich aufgebracht habt.“

Meine Mutter machte dicht. „Es ist doch kein Wunder, dass Simon lieber mit Meggie zusammen ist. Du bist immer so streitlustig.“

Ich spürte, wie ich zu zittern begann, und rückte mit dem Stuhl vom Tisch ab. „Entschuldigst du mich bitte?“

„Die Suppe kommt gleich.“

Ich legte meine Serviette auf den Teller. „Dann fangt doch einfach schon ohne mich an.“

Mom wirkte noch immer irritiert. „Wo willst du denn hin?“

Am liebsten eigentlich ins nächste Flugzeug oder wenigstens in eines der hübschen Gebüsche dieses Landgutes, um in Ruhe zu schreien. Mom schien gar nicht zu merken, was sie mit mir machte, doch ich hatte es schon lange aufgegeben, es ihr erklären zu wollen. Ihre Art zu denken und meine Art zu fühlen würden wohl nie auf derselben Seite eines Buches stehen.

Ich flüchtete nach draußen in den Rosengarten, der nun verlassen dalag. Der Abend war wunderschön mild, ein paar Tauben gurrten und die Grillen zirpten. Selbst der Himmel war kitschig schön mit den letzten fahlen Farben, bevor die Nacht richtig hereinbrach. Trotzdem glänzten schon erste Sterne am Firmament.

Morgen Vormittag würde mein Flieger gehen. Dann würde er dort am Himmel sein und ich endlich frei. Ich atmete tief durch und machte einen kleinen Spaziergang.

Als ich nach drinnen zurückkehrte, hielt mein Vater gerade eine Ansprache. Ich blieb stehen und lauschte ihm. Er sah mich in der offenen Terrassentür stehen und nickte fröhlich in meine Richtung.

Dad redete weiter: „Jedenfalls war Simon uns von Anfang an wie der perfekte Schwiegersohn erschienen. Und nun endlich hat das auch geklappt. Nach einem kleinen Umweg über Rose ...“ Er toastete zwinkernd in meine Richtung, als wäre das besonders lustig, und viele Gesichter drehten sich schmunzelnd zu mir. „... ist er bei seiner Braut Meggie gelandet.“

Wieso bewarf Dad mich nicht gleich mit einem Tortenteller? Das wäre doch der krönende Abschluss gewesen. Ich übte mich einmal mehr darin zu lächeln, obwohl ich gar nicht fröhlich war. Alle stießen auf das glückliche Brautpaar an. Simon schaute gut gelaunt in meine Richtung.

Ich stand wie versteinert in der Tür.

꧁ 2 ꧂

„Der Flug nach London ist jetzt zum Boarden bereit“, ertönte eine Stimme über die Lautsprecher.

Erleichtert stand ich von meinem Wartesitz auf und stellte mich zu den anderen Fluggästen in die Schlange. Ich war endlich aus dem Hochzeitstrubel draußen und kurz davor, in meine Wohnung zurückzukehren. Müde ließ ich meinen Blick über die Leute schweifen. Jetzt am Wochenende waren deutlich mehr Touristen als Geschäftsreisende unterwegs.

Deshalb fiel mir der Mann im grau glänzenden Anzug, der drei Plätze weiter vor mir stand, auf. Dabei war er nicht einmal besonders groß. Er wirkte nur eindeutig wie ein Businessmann. Allerdings trug er sehr kurzes Haar. Das war doch eher unüblich. Die meisten Banker und Unternehmer hatten einen klassischen Haarschnitt. Sein Kopf wirkte geschoren.

Während ich in der Schlange langsam vorwärts rückte, starrte ich auf seinen stoppeligen Hinterkopf. Seine Haarfarbe erinnerte mich an feuchten Sand. Ich sah, wie sich die Nackenmuskeln über seinem Anzugkragen bewegten und im Licht tanzten.

Zumindest von hinten war er eindeutig nett anzusehen. Er schaute kein einziges Mal zur Seite, sodass ich keinen Blick auf sein Profil erhaschen konnte.

Dann gab er der Dame vom Schalter sein Ticket und passierte die Rampe. Er bewegte sich schnell aus meinem Sichtfeld, hatte einen geschmeidigen und zielstrebigen Gang. Der Typ roch förmlich nach Erfolg.

Schließlich war auch ich an der Reihe, hielt mein Ticket hin und ging zum Flugzeug weiter. Ich hatte Sitz Nummer 17B. Die Gangplätze mochte ich, weil ich dort ab und zu meine Beine ausstrecken konnte. Im Flugzeug herrschte gerade reges Gedränge.

Auf dem Fensterplatz neben mir saß schon eine junge Frau mit Kopfhörern, die abwesend in einem Frauenmagazin blätterte. Dann würde es wenigstens ein ungestörter Flug werden. Ich wartete bis es ruhiger im Gang war und steckte meine Jacke in die Gepäckablage über mir.

Als ich zur Seite blickte, erkannte ich den Mann aus der Warteschlange weiter vorn im Flugzeug. Er war etwa dreißig, hatte einen Dreitagebart und ein markantes Gesicht. Seine Nase war leicht krumm und sein Kinn ziemlich kantig. Irgendwie attraktiv, obwohl er gar nicht besonders hübsch war. Dafür aber sexy. Er sah aus wie jemand, der mich von dieser miesen Hochzeit ablenken könnte.

Bei dem Gedanken musste ich lächeln.

Mister Sexy kramte gerade eine Mappe aus seiner Tasche und sah mich ebenfalls. Er lächelte kurz zurück. Doch dann verstaute er seine Sachen im Gepäckfach und setzte sich. Nun konnte ich ihn nicht mehr sehen.

Soviel zum Thema Ablenkung. Sicher studierte er lieber irgendwelche Zahlen. Seufzend ließ ich mich in meinen Sitz fallen, schnallte mich an und schloss die Augen. Dann eben schlafen.

„Könnte ich bitte mal durch?“, vernahm ich eine Frauenstimme fast schon direkt an meinem Ohr.

Erschrocken schniefte ich und riss die Augen auf. Ich saß immer noch im Flugzeug und es standen bereits viele Passagiere wieder in den Gängen. Ich hatte die Landung verschlafen!

Die Frau mit den Kopfhörern neben mir sah mich ungeduldig an.

„Oh ja, klar.“ Ich rieb mir über das Gesicht und machte mich im Sitz schmal, damit sie an mir vorbei konnte.

Schlafen war in den vergangenen Tagen eindeutig zu kurz gekommen. Ich gähnte herzhaft und wartete darauf, dass die ersten Fluggäste ausstiegen. Erst als genügend Platz war, holte ich meine Jacke heraus.

Beim Verlassen der Maschine fiel mir ein, dass ich diesen attraktiven Typen gesehen hatte. Doch von ihm fehlte weit und breit jede Spur. Auch egal. Er hatte sicher längst was vor. Ich fühlte mich sowieso noch ganz gerädert vom Schlaf und sehnte mich nach meiner Couch und dem Fernseher. Füße hochlegen. Ein paar Pralinen naschen. Ruhe haben.

Ich suchte mir einen Fleck gleich am Anfang des Gepäckbandes und unterdrückte ein weiteres Gähnen. Jetzt gerade fühlte ich mich wie hundert. Zum Glück rollte in diesem Moment mein silberner Titankoffer heran und ich schnappte ihn mir schnell, bevor er vorbeifuhr.

Die Räder des Trollys klapperten über den gefliesten Boden der Flughafenhalle. Draußen stieg ich in ein Taxi und ließ mich bequem in den Sitz fallen. Fast geschafft.

Ich genoss die Aussicht aus dem Fenster.

Inzwischen fühlte ich mich in London deutlich wohler als in Edinburgh. Nicht unbedingt, weil es schöner war, sondern weil ich hier mein eigenes Leben führen konnte. Nach der Auszeit, die ich damals gebraucht hatte, war ich einfach geblieben.

Natürlich war ich froh, eine Familie zu haben, aber ich wollte sie nicht ständig sehen. Der Abstand tat der Beziehung zu meinen Eltern und Meggie sehr gut.

Mein Handy bimmelte los. Ich hatte die Nationalhymne als Klingelton. Mom hasste es. »God save the Queen« war ihr einfach nicht schottisch genug. Der Taxifahrer hingegen sah amüsiert aus.

„Tante Rose“, grüßte ich fröhlich.

„Na, wie war diese Hochzeit? Lebst du noch?“

Ich stieß die Luft aus. „Fast nicht mehr. Ich wäre lieber einen Marathon gelaufen.“

Dabei mochte ich Leichtathletik überhaupt nicht und hatte ungefähr so viel Kondition wie ein Karpfen an Land. Wenigstens war die Hochzeit jetzt überstanden.

„Ja, es hat auch seine Vorteile, nicht mehr reisen zu können. Ich mag diesen Simon nicht. Man sollte sich nicht so zwischen Schwestern drängen.“

Mein Verhältnis zu Meggie hatte tatsächlich erst zu bröckeln begonnen, als Simon aufgetaucht war.

„Mom wünscht sich Enkel von ihnen“, informierte ich sie.

„Und was wünscht sie sich für dich?“

Ich gluckste freudlos. „Dass ich mir einen Mann suche, den ich heirate. Ich glaube, sie würden sich alle erleichtert fühlen, wenn ich jemanden hätte, weil das mit Simon dann nicht mehr wichtig wäre.“

Tante Rose schwieg eine Weile. „Also, ihre Gründe sind blöd“, sagte sie schließlich. „Aber ein neuer Mann wäre doch wirklich nicht schlecht. Hast du da keinen in Aussicht?“

Ich schnaubte undamenhaft. „Irgendwie ziehe ich immer die Falschen an.“

„Kenne ich. Mein lieber William war auch so einer. Jedenfalls wenn du meine Mutter gefragt hast. Sie hielt ihn für völlig unpassend. Man kann mit *dem Falschen* aber viel Spaß haben.“ Ich konnte mir das Zwinkern meiner Tante förmlich vorstellen. „Du brauchst einen Bad Boy“, sagte sie entschieden. „Nicht so einen Bürohengst wie diesen Simon.“

Keine schlechte Idee. Auf jeden Fall mal was anderes. Und es hätte tatsächlich seinen Reiz, wenn ich einen Mann finden würde, der meine Eltern im Kreis springen ließe. Sie waren von der konservativen Sorte.

„Und was machst du jetzt?“, fragte meine Tante.

„Füße hochlegen, fernsehen, das ganze Couchprogramm.“

Sie klang belustigt: „So wird das aber nichts mit dem Kennenlernen.“

„Morgen ist auch noch ein Tag“, wich ich aus.

Zum Glück gab es immer ein Morgen, auf das man alles verschieben konnte.

Ich plauderte noch bis zum Ende der Taxifahrt mit meiner Tante und beendete dann das Gespräch. Der Fahrer holte meinen Trolly aus dem Kofferraum. Ich bezahlte ihn und sah ihn davonfahren.

Endlich war ich zurück in meiner Wohlfühlzone. Tante Rose ermöglichte es mir, in Nordlondon zu leben. Islington war ein reizender Stadtteil mit Restaurants, Trödelläden und einer kleinen Kunstszene.

Ich schloss die rot lackierte Haustür auf. Meine Wohnung lag im zweiten Stock eines alten Backsteingebäudes, das sich gegenüber von einem

Laden für biologische Lebensmittel befand.

Immer, wenn ich eine Weile nicht in meiner Wohnung war, haftete ihr der Geruch von alten Dielen an. Sie waren vor meinem Einzug damals neu abgezogen worden und ich liebte die Maserung des Holzes. Es war, als hätte jemand die Böden mit Honig eingestrichen, so golden war der Glanz. Besonders jetzt, wenn die Sonne hereinschien. Ich kippte ein paar Fenster an und ließ die milde Stadtluft und die Geräusche von der Straße herein.

Für einen Moment blieb ich stehen und hielt einfach nur inne. Die ganze Woche war so hektisch und verrückt gewesen. Ein wenig juckte es mir in den Fingern, etwas Ausgefallenes zu tun.

So wie beispielsweise zum nächsten Tattoo-Studio zu gehen und mir ein Hautbild stechen zu lassen. Nicht dass ich schon irgendeines hätte. Über Hennamotive war ich nie hinausgegangen. Aber ein gut sichtbares Tattoo, um meine Mutter zu schockieren, war verlockend. Ihr Gesicht wäre Gold wert.

Natürlich wäre mir ein Freund zum Angeben viel lieber. Jemand, an dessen Seite ich mich nicht wie eine Verliererin fühlte. Jemand Aufregendes, so wie Tante Rose es vorgeschlagen hatte. Lieber durfte er dann die Tattoos haben. Ein Rockmusiker oder ein Schwergewichtsboxer. Jemand, neben dem Simon wie ein zahnloser Kater wirkte. Vielleicht lief er gerade unten die Straße entlang. Ich müsste nur nachsehen.

Doch ich entschied mich für den bequemen Weg und ließ mich auf meine Couch plumpsen. Es war schließlich nicht sehr wahrscheinlich, dass mein Bad Boy jetzt gerade draußen nach mir suchte. Stattdessen sah ich lieber stundenlang fern und schaute dabei zu, wie Leute ihre Häuser renovierten oder wie dieser berühmte Fernsehkoch ein neues Gericht zauberte.

Irgendwann bekam ich Kopfweh und schaltete den Fernseher wieder aus. Ich verfluchte mich für meine Tatenlosigkeit. Klar, ich hatte mir ein wenig Entspannung verdient gehabt. Aber so wirklich entspannt fühlte ich mich gar nicht.

Besser, ich ging jetzt wieder an die Arbeit und nähte mir etwas. Also stromerte ich zu meinem kleinen Atelier, in dem ich Stoffe und Mappen mit Mustern und Entwürfen aufbewahrte. Mein großer Schneidertisch nahm fast den halben Raum ein.

Ich liebte die Anwesenheit von Mode in meiner ganzen Wohnung. Das Wohnzimmer war ein halbes Ankleidezimmer. Statt Geschirrschränken oder Bücherwänden gab es bei mir nur voll behängte Kleiderstangen.

Mir schoss die Idee durch den Kopf, dass ich den hässlichen grünen Fummel von der Hochzeit aufhübschen könnte, denn nun durfte ich damit machen, was ich wollte.

Kurzentschlossen warf ich meinen Koffer auf das Bett, um es hervorzuholen. Doch als ich ihn öffnete, erlebte ich eine böse Überraschung: Statt Büstenhalter und Abendkleid lagen Hemden und Krawatten in meinem Gepäck. Schwarze Boxershorts. Ich stöhnte und klatschte mir die Hände an die Wangen.

So ein Käsekuchen. Wenn die Flughafenkontrolle nicht neuerdings zu Scherzen neigte und die Taschen von unbescholtenen Bürgern umpackte, dann war das hier definitiv nicht mein Koffer.

Mist, Mist, Mist.

Wütend fegte ich mit dem Unterarm durch den kleinen Stapel aus ordentlich aufgerollten Krawatten und sah ihnen dabei zu, wie sie über meine Bettdecke segelten, als hätten ein paar Stripper sie mir hingeworfen.

Zusammen mit den Seidenstoffen flatterte auch noch ein lila-glänzender Umschlag aus dem Gepäck. Ratlos nagte ich an meinem Daumen. Das Ding war zugeklebt.

Hm.

Es glänzte sehr hübsch. Tolle Farbe.

Ach, was soll's?

Ich war einfach zu neugierig, um den Brief zu ignorieren. Es war bestimmt kein Geld drin, oder? Jedenfalls war es nicht einfach nur Post. Dafür war der Umschlag zu edel. Vielleicht pikante Erpresserfotos?

Ich schnappte mir das Kuvert und machte es vorsichtig auf. Für alle Fälle wollte ich es nicht kaputtreißen. Langsam zog ich den Inhalt heraus. Es war eine Karte aus sehr dickem Papier, das ebenfalls lila glänzte.

Darauf stand: „VIP-Ticket – Eröffnungsparty *Dark Purple*". Ausgestellt war es auf das heutige Datum. Im Kleingedruckten fand ich eine Adresse vom Klub. Ziemlich angesagte Ecke von London.

Im Grunde sollte mir das egal sein. Es wäre wohl besser herauszufinden, wem der Koffer gehörte und wo mein eigener abgeblieben war. Vermutlich stand er noch zur Abholung am Flughafen bereit. Andererseits …

Das Modell auf meinem Bett sah genauso aus wie meines. Es konnte also gut sein, dass der Mann, dem dieser Koffer hier gehörte, nun meinen hatte.

Der artige Teil in mir wollte zum Telefon greifen und beim Flughafen anrufen. Leider war der artige Teil winzig klein und schrumpfte immer weiter. Ich verspürte plötzlich riesige Lust, aus der Reihe zu tanzen. Dazu eignete sich eine Party doch bestens.

Die exklusive Eintrittskarte übte einen unbändigen Reiz auf mich aus. Der Umtausch ließe sich danach ja immer noch arrangieren.

Was war schon groß in meiner eigenen Tasche?

Das hässliche Brautjungfernkleid und ein paar andere getragene Sachen, die mir gerade nicht weiter fehlten.

Nach der blöden Hochzeit hatte ich mir ruhig einen Klubbesuch verdient. *Dark Purple.* Mein Blick hing an dem lila geprägten Ticket und dem glänzenden Umschlag. In exakt derselben Farbe hatte ich sogar zufällig ein passendes Kleid.

❧ 3 ❧

Ich ließ mich vom Taxifahrer direkt vor dem Eingang des Klubs absetzen. Das Gebäude sah aus wie ein gewaltiger Kubus. Die Vorderseite war eine vollkommen glatte Wand ohne Extras oder auch nur Fugen im Beton. Das *Dark Purple* wurde von riesigen Scheinwerfern in einem lila Licht angestrahlt, das wie Wasser über die Hauswand zu fließen schien. Auch auf den dunklen Nachthimmel waren Strahler gerichtet, die in alle Richtungen umherirrten. Wer diesen Klub verfehlte, hatte keine Augen im Kopf.

Im Eingangsbereich war ein veilchenblauer Teppich für die Gäste ausgerollt worden. Stiernackige Türsteher bauten sich davor auf und eine ellenlange Schlange von Partygängern hatte sich versammelt und verstopfte den Gehweg. So ähnlich wie die Touristenscharen, die regelmäßig *Madame Tussauds* belagerten. Hier war wirklich was los. Gedämpft drangen die Bässe vom Klub an mein Ohr.

Ich konnte keinen gesonderten Eingang für VIP-Gäste entdecken. Offensichtlich gingen alle durch dasselbe

Portal. Es sah aus wie ein Schlund, der Schwarzlicht ausspuckte. Jedes bisschen Weiß stach daraus hervor. Es erinnerte mich stark an das runde Tor aus »Stargate«. Dieser Klub hatte eindeutig einen futuristischen Touch.

Ratlos drehte ich das Ticket in meiner Hand. Ich wollte mich wirklich nicht stundenlang anstellen, falls das nicht nötig war. Die drei magischen Buchstaben drängten sich in mein Bewusstsein: VIP. Fragen kostete ja hoffentlich nichts.

Das Adrenalin brummte wie ein Bienenschwarm durch meine Adern, als ich mit der gestohlenen Eintrittskarte auf einen der breit gebauten Türsteher zulief und dabei die Schlange ignorierte.

„Hinten anstellen", sagte er automatisch, ohne mir eine große Bedeutung beizumessen.

Junge, konnte der streng gucken. Sicher ein Bad Boy. Aber ganz sicher nicht meiner.

Fast wäre ich von seiner Stimme abgeprallt und ans Ende der Wartereihe gestolpert. Mein Kopf war ganz dumpf und es wollte mir kein sinnvoller Satz einfallen. Unsicher hielt ich mein Ticket hoch.

Die Wirkung war absolut verblüffend. Seine Augenbrauen wanderten hoch und er winkte mich sofort zu sich heran. Gleichzeitig hielt er dem nächsten Besucher direkt die Hand vor die Nase, damit er stehenblieb.

Ich räusperte mich schnell und lief zum Türsteher. Der sah mich plötzlich sehr wohlwollend an. Sein Blick huschte zum Ticket. Sogleich hakte er für mich eine rote Kordel an der Seite auf und ließ mich ein.

„Einen kleinen Moment, ich rufe Ihnen jemanden", erklärte er sehr freundlich. Dann gab er ein paar knappe Anweisungen in sein Funkgerät, die so viel beinhalteten wie: *sofort herkommen, VIP*.

Wow.

Meine Befangenheit perlte von mir ab, als wäre ich spezial-beschichtet. Mit einem Mal kam ich mir sehr wichtig vor. Eben *very important.* Ich sah, wie andere mich halb neidisch, halb missfällig beäugten. Das kannte ich nur zu gut. Sonst stand ich ja selbst in der Warteschlange und mochte es nicht, wenn andere einfach so vorbei konnten. Von dieser neuen Seite gefiel es mir wesentlich besser.

Ein Kerl in dunklem Anzug eilte aus dem Klub und stellte sich neben meinen Türsteher. Er sah nicht so massig wie ein Rausschmeißer aus, sondern mehr nach einem Bodyguard. Ich kam mir immer besser vor.

„Das ist Ralph“, erklärte mir der Türmann. „Er bringt Sie in Ihren Bereich.“

Ich nickte lächelnd. „Prima.“

Ralph wies mir sogleich mit seinem Arm den Weg. Seine freie Hand befand sich in der Nähe meiner Schulterblätter, ohne dass er mich wirklich berührte. Er dirigierte mich sehr charmant und gezielt durch das Menschenmeer. Dabei passte er auf mich auf, wie Simon es im Rosengarten mit Meggies Brautkleid getan hatte.

Die Musik wurde immer lauter und gefiel mir richtig gut. Ein Hip-Hop-Remix, der zum Tanzen einlud. Entsprechend voll war die Tanzfläche. Überall wogten Körper wie Wellen im Takt. Das Motto *Dark Purple* setzte sich in der atemberaubenden Lichtshow und der gesamten Einrichtung fort. Ringsum standen Fieberglassäulen, Podeste und Nischen mit Tischen und Stühlen in lila. Ein wenig kam ich mir vor wie an Bord eines Raumschiffs.

„Bitte hier entlang“, rief Ralph über die Musik hinweg und führte mich zu einer Galerie hoch.

Auch hier bewachte ein weiterer Türsteher den Zugang

zum exklusiven Bereich. Oben war es deutlich leerer und der Ausblick nach unten war absolut phänomenal. An der teuren Kleidung der Gäste erkannte ich, dass viel Geld anwesend war. Zum Glück brauchte ich mich in meinem violetten Cocktailkleid nicht zu verstecken.

„Sie können es sich überall gemütlich machen", informierte mich Ralph. „Dort sind unsere Sitzinseln." Er deutete zu verschiedenen Couchnischen, die durch leuchtende Glaswände unterteilt waren, an denen Wasser herabströmte. „Alternativ steht Ihnen auch die Bar mit Gratisgetränken zur Verfügung."

Die gesamte Bartheke sah aus als wäre sie aus nur einem einzigen gewaltigen Kristall gewachsen. Wieder funkelten violette und blaue LEDs darin wie kleine Edelsteine.

Ich blinzelte verwirrt. „Gratisgetränke?"

Irgendwie hatte ich angenommen, dass die reichen Gäste sich ihren teuren Champagner kaufen mussten, um die Kassen klingeln zu lassen. Wo sonst sollte das Geld für diese extravagante Einrichtung wieder herkommen?

Ralph nickte und deutete auf mein Ticket. „Mit dieser Karte können Sie sich im *Dark Purple* praktisch so frei bewegen wie der Klubbesitzer."

„Sind denn hier nicht alle VIP?", wunderte ich mich und schaute zu den anderen Gästen, die sich mit mir auf der Galerie befanden.

Ralph lächelte. „Es gibt VIP und es gibt dieses Ticket." Dabei tippte er auf meine Karte. „Sie sind die Einzige damit."

„Wow", staunte ich.

Ein breites Grinsen formte sich auf meinem Gesicht. Also, egal, mit wem ich den Koffer vertauscht hatte, es lohnte sich auf jeden Fall. Das war viel besser als bloß fernzusehen oder diesen grünen Fetzen, der sich Kleid schimpfte, neu zu gestalten.

„Dann will ich an die Bar“, beschloss ich.

Ralph brachte mich zu einem Hocker und wies den Barkeeper an, mir alles zu geben, was ich haben wollte. Alles. Anschließend verabschiedete er sich von mir, gab mir aber seine Karte, damit ich ihn jederzeit rufen konnte.

„Möchten Sie Champagner?“, fragte mich der süße Typ hinter dem Tresen, während er ein paar Cosmopolitans zubereitete. Selbst der Barkeeper sah hier oben besser aus als die Jungs unten. Der ging definitiv ins Fitnessstudio. Ein paar Tattoos hatte er auch. Meine Tante würde ihn mögen. Aber ein Barmann war doch zu klischeehaft. Der nahm sicher ständig Frauen mit nach Hause. Lieber nicht.

Ich nagte an meiner Unterlippe und studierte die Flaschen auf den Ablagen. Irgendwie hatte ich keine Lust, Champagner zu trinken, bloß weil er teuer war. Mir schwebte da eher ein Getränk mit Bedeutung vor. Weil ich mir so verwegen wie ein Geheimagent vorkam, bestellte ich mir einen Martini.

„Geschüttelt, nicht gerührt“, sagte ich fröhlich.

Der Typ an der Bar zwinkerte. „Kommt sofort.“

Er stellte die Cosmos auf ein Tablett und eine sehr hübsche Bedienung lief damit weiter zu einer Gruppe von reich aussehenden jungen Männern und Frauen, von denen ich mal wetten würde, dass sie gerade das Geld der Familie herauswarfen.

„Das ist alles ziemlich lila hier“, stellte ich fest. Selbst die Getränkeablagen wurden von entsprechenden LEDs ausgeleuchtet. „Ihr müsstet *Purple Rain* spielen“, schlug ich vor.

Der Barmann, der sich als Jamie vorstellte, grinste. „Sagen Sie es dem Chef doch einfach.“ Er nickte zu meinem Ticket.

Ich lächelte unverbindlich und ließ es in meiner Tasche verschwinden. „Ach, nee. Ich mische mich nicht gerne in seine Geschäfte ein."

Jamie lachte. „Das würde bei Mister Burton auch schwer gehen. Der weiß genau, was er will."

Ich grinste, als würde ich einen besonders guten Witz kennen. „Ja, so ist er."

Der Witz war ja, dass ich hier saß wie ein Kuckucksei und mir jeder meine Wünsche von den Augen ablesen wollte. Das war eine sehr nette Abwechslung zu der unbedeutenden Rolle, die ich auf der Hochzeit gespielt hatte. Cheers!

Ich leerte meinen ersten Martini. Das Ding war köstlich und ich bestellte gleich nach.

„Sehr schön, mal eine Frau, die nicht nur Cosmos oder Wodka Lemon schlürft." Jamie zwinkerte amüsiert.

„Wodka Lemon ist ein Frauengetränk?" Mann, ich war echt schon lange nicht mehr ausgegangen.

„Hier jedenfalls schon", erklärte Jamie.

„Ich dachte, wir mögen mehr das Zeug mit Sahne und Kokos."

„Und mit Ananas und Kirschen", ergänzte der Barkeeper.

„Genau." Ich tippte mit dem Finger in seine Richtung und futterte die Oliven aus meinem Getränk. „Eigentlich mag ich keine Oliven."

Er lachte. „Soll ich sie weglassen?"

„Nein." Ich schüttelte entschieden den Kopf. „Die gehören da rein. Mit dem Alkohol ist es auch gar nicht so schlimm. Kann ich noch so ein Ding haben?"

„Sie können die ganze Bar haben."

Ich nickte. Stimmt. Dieses Ticket war ja der heilige Gral.

„Was haben denn die anderen für Eintrittskarten?“, wollte ich wissen. „Die da.“ Ich machte eine ausladende Geste zu den jungen Reichen.

„Goldene.“

„Aha, das finden die dann toll, ja?“ Gold war natürlich auch sehr exklusiv.

Ich hickste und trank noch schnell einen Schluck. Irgendwie wurden diese Martinis immer leckerer.

„Hast du auch Nüsse?“, fragte ich ihn.

Jamie stellte mir eine Schale mit Cashewkernen und Macadamia-Nüssen auf den Tresen. Salzkrumen glänzten darauf.

Ich griff beherzt zu.

„Du kannst noch mehr haben“, bot er mir an, als ich in kürzester Zeit die Hälfte davon verdrückt hatte.

„Dann nehme ich noch einen Martini.“

„Wenn du dir da sicher bist.“ Er sah mich fragend an.

Ich nickte, auch wenn mir dabei der Kopf etwas zu sehr schaukelte. „Auf jeden Fall. Ich komme gerade von einer dermaßen furchtbaren Hochzeit. Da hätte ich deine Martinis dringend gebrauchen können. Wo warst du gestern bloß?“

Er stellte mir ein weiteres Glas hin und ich prostete ihm zu. Dann nahm ich einen langen Schluck.

„So eine schlimme Hochzeit?“, hakte er nach.

Dieser Barkeeper war wirklich aufmerksam. Ich betrachtete ihn ein bisschen. Er hatte ein Piercing in der linken Augenbraue, fast schwarzes Haar und dunkelbraune Augen. Auf seinem Arm war das Bild von zwei sich windenden Schlangen eintätowiert.

Bad-Boy-Alarm. Wenn ich den mit nach Edinburgh nehmen würde … Mom würde einen Herzkasper bekommen. Haha.

„Ja, schrecklich. Und du hättest mal sehen sollen, was

ich für einen grauenvollen Fummel tragen musste.“

Ich stellte den Martini ab und stierte in mein Glas. Verdammt, waren da jetzt zwei Oliven drin oder doch nur noch eine? Angestrengt blinzelte ich, während meine Sicht immer wieder verschwamm.

„Jamie, wie viele Oliven siehst du da?“, nuschelte ich.

Ich schaute zu ihm, doch er sah an mir vorbei. Da musste was Spannendes hinter meiner Schulter sein. Egal. Ich konzentrierte mich noch mal auf das Gemüse in meinem Getränk.

Vage bemerkte ich, wie sich jemand auf den Hocker neben mir schob.

„Du musst dann wohl meine Freundin sein“, hörte ich den Mann mit tiefer, sexy Stimme sagen.

Hä? Ob das wohl die dümmste Anmache aller Zeiten war oder was?

Ich riss mich von meinem Martini los und schielte zur Seite. Da saß ein Kerl mit kurzen Stoppelhaaren, Dreitagebart und knallblauen Augen. In diesem Klub hätten sie eigentlich lila sein müssen.

Irgendwie kam er mir ja bekannt vor, aber ich war bestimmt nicht seine Freundin. Eher hatte ich ihn schon mal in einer Zeitschrift gesehen. „Bist du etwa so allein, dass du sogar Beziehungen mit wildfremden Frauen eingehst, oder hältst du mich für so betrunken, dass ich nicht einmal mehr merke, dass wir kein Paar sind?“

Dabei hickste ich schon wieder und schob dezent meinen Drink von mir weg.

Der Typ lächelte mich an. „Ich weiß genau, wie du hier reingekommen bist.“ Seine Stimme war ein heiseres Raunen. Dazu strich er mir mit seinem Zeigefinger über den Handrücken. Ich bekam Gänsehaut. „Und entweder bist du meine Freundin oder aber eine Diebin, die sich in die Lounge meines Klubs gestohlen hat. Natürlich kann ich dich auch von meinen Sicherheitskräften abführen lassen. Was meinst du: Wäre dir das lieber?“

Ich meinte vor allem, dass mir gerade einfiel, woher ich ihn doch kannte.

„Mister Sexy?“, stammelte ich verwirrt.

4

Eine steile Furche zeichnete sich auf seiner Stirn ab.

Ups. Hatte ich das etwa gerade laut ausgesprochen?

„Wie viele Drinks hattest du schon?“, wollte er wissen.

„Nur ein paar.“

Wer zählte schon mit, wenn es alles gratis gab? Bei einem Buffet erinnerte man sich später doch auch nicht mehr an jedes Reiskorn.

„Kein Champagner …“, murmelte er nachdenklich. „Wenigstens trinkst du mich nicht arm.“

Ich beäugte den exklusiven Klub, von dem er behauptet hatte, dass es seiner war. „Geht das überhaupt?“

Sein Blick wurde durchdringend. „Es gibt übrigens nur eine solche Karte für den heutigen Abend, wie du sie bei dir führst. Und die Frau, der ich sie eigentlich geben wollte, hat sie gar nicht angenommen.“ Er lächelte wie ein Haifisch. „Jetzt stell dir mal vor, wie verblüfft ich war, als mein Manager mir sagte, dass meine Freundin heute doch hier wäre.“

Ich schluckte und nagte verlegen an meiner

Unterlippe.

„Hm“, machte ich unbestimmt.

„Also musst du wohl meine Freundin sein“, behauptete er erneut. „Denn die Karte war für meine Freundin.“

„Ähm ...“

Er tippte mit dem Zeigefinger auf die polierte Platte. „Ich erinnere mich an dich. Aus dem Flugzeug. Soll ich es für Zufall halten, dass wir in derselben Maschine waren, du nun das Klubticket aus meinem Koffer hast und ich dafür in meinem Gepäck plötzlich Frauenkleidung finde?“

„Das grüne Kleid ist nicht von mir“, sagte ich automatisch.

Verblüfft wölbte er seine Augenbrauen. „Was klaust du denn eigentlich noch alles?“

„So war das doch gar nicht.“ Ich sah ihn unschuldig an.

Er zog sich meinen Drink zu sich heran und nippte am Glas. „Kleid, Koffer, Ticket ...“ Plötzlich tastete er an seinem Sakko herum und lächelte dann erleichtert. „Oh, gut. Meine Brieftasche ist noch da.“

„Phhh!“, gab ich mich beleidigt. „Ich klaue einfach den ganzen Laden.“

Er stieß die Luft aus und schob mir den Drink zu. „Hier, nimm noch einen Schluck.“

Fragend schaute ich ihn an. Ich fühlte mich eigentlich beduselt genug.

„Auf unsere Beziehung“, erklärte er.

Verwirrt runzelte ich die Stirn. „Ich dachte, du hast schon eine Freundin. Du hast doch eben gesagt, dass du ihr die Eintrittskarte geben wolltest.“

„Wir sind wohl gerade nicht zusammen.“

„Weil sie jetzt nicht hier ist?“

Mister Sexy schnappte sich selbst wieder den Martini

und nippte daran. „Nein, weil sie lieber mit einem anderen Kerl im Bett liegt.“

Mitfühlend legte ich ihm die Hand auf seinen Unterarm. „Tut mir leid. Hast du die beiden etwa in flagranti erwischt?“

Er verdrehte seine hellblauen Augen. „Der Martini scheint deine Fantasie anzuregen. Trinkst du eigentlich immer so viel?“

Er schob mir die Nüsse vor die Nase, damit ich etwas anderes zu mir nehmen konnte.

„Nur, wenn ich einen grässlichen Tag hinter mir habe. Ich wollte Jamie gerade davon erzählen ...“

Ich schaute von den Nüssen auf, doch der Barkeeper hatte uns alleingelassen und mixte ein paar kichernden Frauen mit toupierten Haaren neue Drinks.

„Du kannst es ja mir erzählen“, bot der Fremde an meiner Seite an.

„Ich kenne dich überhaupt nicht.“ Dabei sah ich ihm in seine funkelnden Augen. Die Lichter des Klubs tanzten darin.

„Das hat dich nicht daran gehindert, dich bei mir wie zu Hause zu fühlen.“

Ich lächelte schief und griff nach einem Cashewkern. Danach konnte man ja süchtig werden.

„Ich bin Neal Burton“, stellte er sich vor und streckte mir seine Hand entgegen.

Ich ließ die Nuss zurück in die Schale fallen, rieb das Salz an meiner Strumpfhose ab und ergriff seine Hand, um sie feierlich zu schütteln.

„Rose Young.“

„Rose.“ Er ließ meinen Namen über seine Lippen perlen, als würde ihm das gefallen. Seine blauen Augen brannten sich in meine.

Verlegen rieb ich mein linkes Ohrläppchen. Meine

rechte Hand hielt er noch immer fest umschlossen. Sein Daumen streichelte dabei sanft meinen Handrücken. Ich spürte, wie meine Wangen warm wurden. Das lag sicher am Alkohol.

„Was war denn das für ein schlechter Tag, Rose?“

„Und was war das mit deiner Freundin?“, konterte ich. Immerhin hielt er gerade Händchen mit mir.

„Du zuerst.“

Auch egal. Ich entzog ihm meine Hand und knabberte weiter Nüsse. Dabei erzählte ich ihm von der Hochzeit meiner Schwester mit meinem Exfreund. Dem einzigen echten Freund, den ich je gehabt hatte. Mir rutschten sogar ein paar Kommentare über meine Verwandten heraus. Insbesondere über meine Mutter, die ein Gemüt wie ein Fleischerhund an den Tag gelegt hatte. Und ich erwähnte das furchtbare Brautjungfernkleid, das er in meiner Tasche gefunden hatte. Damit würde ich nicht mal den Waschmittel-Kuschelbären aus der Werbung einwickeln.

„Da sind wir wohl beide sitzengelassen worden“, fasste Neal zusammen. „Meine Freundin, die nun also nicht mehr meine Freundin ist ...“

„Das heißt Ex“, informierte ich ihn.

Er prostete mir mit dem Martini zu. „Jedenfalls ist sie jetzt lieber mit diesem Fotoheini zusammen. Irgend so ein Irvine Hunter. Er hat ...“

„*Der* Irvine Hunter“, krakeelte ich.

„Du kennst ihn?“ Neal sah wenig begeistert aus.

„Nicht persönlich. Ich studiere nur Modedesign und er ist ein weltberühmter Fotograf, der für praktisch jedes namhafte Modemagazin schon Titelbilder geschossen hat.“

„Na, wie schön für Heather“, grunzte Neal und kaute mürrisch auf einer Olive herum.

„Ist sie denn deine große Liebe?“ Ich wollte ihm ja wirklich nicht auf die Füße treten.

„Nein, wir haben einfach so ein On-und-off-Ding. Mir war nur nicht klar, dass wir schon wieder im Off sind.“ Er wirkte richtig frustriert.

„Also, ich ...“ Hilflos zuckte ich die Schultern. Ich war die Letzte, die Reden darüber hielt, dass alles wieder gut werden würde. Happy Ends gingen nicht eben Hand in Hand mit mir einher.

„Schon gut. Wir hatten uns in letzter Zeit fast nicht gesehen, weil ich den neuen Klub hier auf die Beine gestellt habe. Aber ich wollte, dass sie bei der Eröffnung dabei ist und bin extra nach Edinburgh geflogen, um sie persönlich einzuladen. Die letzten Sachen konnte mein Manager regeln.“

„Und dann?“

„Sie war in der Zwischenzeit diesem *Irvine* nähergekommen.“ Neal sprach den Namen des Fotografen aus, als wäre es eine dumm machende Bakteriensorte. „Bestimmt denkt sie, es sei gut für ihre Karriere.“

„Wieso? Was macht sie denn?“

„Heather ist Model.“

Mit den Lippen formte ich ein stummes Oh und schob mir noch eine Nuss in den Mund. Es war bestimmt nicht sinnvoll, mit Männern zu flirten, die mit Models ausgingen. Deren Erwartungshaltung an das Erscheinungsbild waren vermutlich unerfüllbar. Schade eigentlich, denn im Grunde war Mister Sexy solo.

„Und was willst du jetzt machen?“

Ich grub mit meinen Fingern in der Schale, fand jedoch nur noch Salzkrümel. Als ich hineinschielte, sah ich, dass sie leer war. Ganz leicht klopfte ich mit dem Ding auf die schicke Theke, damit Jamie in meine

Richtung schaute.

„Ich brauche mehr Nüsse“, erklärte ich ihm.

Jamie räumte die alte Schale weg und stellte mir eine neue hin. Dabei zwinkerte er mir zu und lächelte seinen Boss an.

„Ich hole mir Heather zurück“, verkündete Neal, als wir wieder alleine waren.

„Gut so. Schnapp sie dir, Tiger.“

Neal sah mich an, als wäre ich endgültig betrunken, dabei fühlte ich mich Dank der Knabbereien schon wieder etwas besser. Sein Blick musterte mich von oben bis unten. Selbst in diesem lila Licht sah er sexy aus. Irgendwie lag ein Knistern in der Luft.

Er streckte seine Hand zu mir aus und berührte sanft meine Schulter. Langsam strich er an dem schmalen Träger meines Kleides entlang. Es schimmerte purpur, aber je nach Lichteinfall glänzte es auch fast schwarz.

„Du hast das Thema *Dark Purple* gut umgesetzt“, lobte er mich. Er selbst trug ein lila Hemd mit einem passenden Sakko zu einer schwarzen Hose.

„Ja, weißt du, dieses Kleid musste einfach in deinen Klub. Deshalb habe ich auch die Karte benutzt.“

Also, das stimmte jedenfalls so ungefähr.

Seine Mundwinkel zuckten. „Sehr schick.“

„Selbst genäht.“ Ich warf ihm einen koketten Blick zu.

Er nickte anerkennend. „Dann hast du wohl ein paar bemerkenswerte Fähigkeiten. Und jetzt wirst du mir dabei helfen, Heather zurückzuerobern.“

℘ 5 ☙

„Da vorne steht die Presse“, informierte er mich. „Also denk einfach daran, dass du heute Abend meine Freundin spielst. So wie besprochen.“

Ich nickte automatisch. Mit der Presse hatte ich noch nie zu tun gehabt. Aber Neal schien wohl einen gewissen Promistatus zu genießen und auch andere Prominente durch seine Klubs zu kennen. Kein Wunder, dass nun die Paparazzi vor dem *Dark Purple* lauerten, wenn bei ihm It-Girls, Sportler, Schauspieler und andere Reiche anzutreffen waren. Erst recht am Eröffnungsabend.

„Wir landen in den Klatschblättern, Heather wird es sehen und dann wird sie eifersüchtig“, ging ich seinen Plan noch einmal durch. Na, wenigstens glaubte er, Heather mit mir eifersüchtig machen zu können.

„Ganz genau.“ Da war sein Haifischlächeln wieder. Aber irgendwie sah er sogar damit heiß aus.

Seine Ex war ganz schön seltsam, wenn sie ihn wirklich nur zurückhaben wollte, weil er bereits eine andere hatte. Wieso lief er ihr überhaupt nach? Neal hatte das doch gar nicht nötig.

Mich beschäftigte allerdings noch eine ganz andere Sache: Falls wir wirklich in der Presse landeten, würde meine Mutter das Foto von uns eventuell auch sehen.

„Warte mal kurz!“ Ich legte Neal meine Hand auf die Brust.

In seinem kantigen Gesicht wölbte sich eine Augenbraue. „Ja?“

Ich musste mir Mühe geben, nicht zu kichern. „Hast du zufällig Tattoos?“

Er grinste. „Ja. Wieso?“

Jippi!

„Kann man welche davon sehen?“ Nicht, dass die bloß im Intimbereich waren.

Sein Blick wurde schmal. „Was genau wird das?“

„Ich wäre gerne mit einem tätowierten Mann in der Presse“, platzte ich heraus.

Neal lachte kurz, hörte dann aber damit auf, als er merkte, dass ich es ernst meinte. Schließlich seufzte er und krempelte seine Ärmel auf. Ich half ihm dabei, den Stoff hübsch umzuschlagen und seine Unterarme freizulegen, damit sie auf den Fotos toll zur Geltung kamen.

Dabei nahm ich auch seine Tattoos in Augenschein. Am rechten Arm befand sich ein perfekt verschlungenes Tribal, das wie von einem Eingeborenenstamm aussah. Ein aztekisches Abbild von Meereswellen und Flügeln. Auf dem linken Arm zierte ein Kompass seine Haut, in dem die Worte *»Trust yourself, don't be afraid to fail«* eingearbeitet waren. Mit der Fingerkuppe folgte ich den Linien der Schrift. Zum Glück stand nirgendwo der Name einer anderen Frau.

„Ist das gut so?“, erkundigte er sich.

„Total perfekt.“ Sanft berührte ich auch die aztekischen Muster auf seiner Haut. „Die sehen toll aus.“

„Freut mich.“ Sein Lächeln war warm.

Ich gluckste: „Meine Mutter wird in Ohnmacht fallen.“

„Nicht dein Ernst.“ Neal sah ziemlich verblüfft aus. Ob seine Eltern auch tätowiert waren?

„Wenn ich es dir doch sage. Sie ist total traditionell und wollte, dass ich Lehrerin werde.“

„Lass mich raten: Dein letzter Freund war Mathedozent?“

Ich schnaubte. „So ungefähr. Dagegen bist du richtig toll. Das wird ein Spaß!“

Neal wirkte einigermaßen geschmeichelt. „Na, dann haben wir wohl beide was von unserem Presseauftritt, oder?“

Ich grinste begeistert. Er reichte mir seinen Arm, doch ich schnappte mir seine Hand.

„Händchenhalten ist viel besser“, erklärte ich. „Das wirkt vertrauter auf den Bildern. Du willst Heather doch eifersüchtig machen, oder?“

Er nickte amüsiert.

„Dann darf es nicht so formell aussehen“, fand ich und schmiegte mich an seine Schulter. Ganz dezent roch ich eine feine Note von seinem Aftershave heraus. Herb und männlich. Aber das war ja nicht anders zu erwarten bei Mister Sexy.

Als wir uns scheinbar verliebt wie ein junges Paar der Pressemeute näherten, flammten die Kameras auf wie ein Blitzlichtgewitter. Ich hatte Dank der Martinis ja schon vorher einen Weichzeichner auf den Augen gehabt, aber jetzt tanzten nur noch Punkte vor meinem Sichtfeld. Ich war so geblendet, dass ich die Leute, die Neal ihre Mikros unter das Kinn hielten, gar nicht richtig erkennen konnte.

„Neal, was ist das für ein Gefühl, dass Sie jetzt ihren achten Klub eröffnet haben?“, wollte einer wissen.

Wow. Das war sein achter? Der Mann lebte wohl das Motto von seinem Kompass-Tattoo, an sich selbst zu glauben.

„Es war immer ein Traum von mir, eines Tages auch in der Hauptstadt einen Klub auf die Beine zu stellen", antwortete Neal charmant.

„Dann ist nach London Schluss?", fragte ein anderer Reporter.

„Nein, so weit würde ich nicht gehen. Jetzt sind andere Metropolen dran."

„Neal, wir hatten Sie heute Abend eigentlich zusammen mit Heather Rivera erwartet."

Heather Rivera war seine Freundin? Verdammt! Mir klappte fast die Kinnlade herunter, aber nur fast, denn wir wurden ja fotografiert. Sie war kurz davor, in die Topliga der Models aufzusteigen. Er war also nicht einfach nur mit irgendeiner Heather zusammen. Kein Wunder, dass er Promistatus genoss.

Zum Glück trug ich ein todschickes Kleid, denn morgen würde ich auf jeder Titelseite drauf sein: Als die Frau, die Heather Rivera ersetzt hatte.

Nun gut, es war aussichtslos, mir ein Loch zu graben und darin zu verschwinden. Also sollte ich wohl das Beste daraus machen, was möglich war: Marketing für meine eigene Sache. So schnell würde ich nicht wieder in die Klatschblätter kommen.

„Heather und ich gehen wieder getrennte Wege, aber wir verstehen uns immer noch blendend", gab Neal Auskunft.

„Und wer ist die neue Frau an Ihrer Seite, Neal?"

„Ich bin Rose Young", sagte ich laut und deutlich, weil ich nicht bloß wie ein Anhängsel herumstehen wollte. Ich war ganz stolz auf mich, dass mir kein Hicksen herausrutschte. Wenigstens einmal schien das Schicksal es gut mit mir zu meinen.

„Und woher kennen wir Sie, Rose Young?“, hakte ein anderer Reporter flott nach, um meinen Background zu durchleuchten und Futter für seinen Artikel zu haben. Klar, er kannte mich schließlich gar nicht. Niemand tat das. Aber es wirkte wohl professionell, so zu tun, als wäre ich kein Nobody.

„Ich designe Mode“, erklärte ich mit einem strahlenden Lächeln und deutete auf mein hübsches Kleid. „*Young Fashion Design*.“

Zum Glück hatte ich angefangen, an einer Homepage zu basteln. Damit könnten sie mich finden. Ich schmiegte mich an Neal, um den Schnitt des Kleides zu betonen, und kramte dabei mein Hochzeitsfotolächeln hervor, das ich stundenlang geübt hatte. Nun war es auch mal für mich zu gebrauchen.

Die Reporter stellten Neal weitere Fragen und ich sah ihn verträumt an, als wäre ich ganz die stolze Freundin. Er duftete wirklich himmlisch und dieser raue Dreitagebart bei Männern war einfach verflucht sexy. Seine Lippen waren voll und sinnlich, als er ganz smart in die Kameras lächelte.

Wie von selbst legte ich meine Hand an seine Wange und strich über die kurzen Stoppeln. Sie rieben über meine Haut. Sein Blick wanderte zu mir, doch er wirkte nicht genervt, sondern sah eher amüsiert aus. Ich starrte ihm auf den Mund. Mit dem Zeigefinger berührte ich seine volle Unterlippe.

Jetzt wich die Belustigung aus seinem Blick. Ich sah, wie er mir auf meinen Mund schaute. Er hielt das doch für eine gute Gelegenheit, um Heather zurückzuerobern. Dann hatte er bestimmt nichts dagegen, sie so richtig eifersüchtig zu machen, oder?

Ach, was soll’s?

Ich glitt mit der Hand in seinen Nacken, überbrückte die fehlenden Zentimeter zu seinem Gesicht und drückte ihm einen Kuss auf die Lippen. Ich spürte genau, wie ihn das erstaunte, weil sich seine Nackenmuskeln plötzlich anspannten. Außerdem hörte ich deutlich das Stakkato der Kameraauslöser. Um uns herum wurde es beinahe taghell.

Mein Bauch kribbelte irrwitzig, weil ich einfach tat, worauf ich Lust hatte, und sich der Moment mit ihm so gut anfühlte, dass ich selbst die dumme Hochzeit vergaß. Und dann erwiderte er meinen Kuss sogar und zog mich für eine Hollywood-reife Darbietung an sich heran.

Mein Magen schlug Purzelbäume und ich genoss seine samtweichen Lippen. Dann war der Kuss auch schon vorbei. Nur ein paar Sekunden. Aber meine Knie waren weich und meine Wangen glühten rosig.

Die Paparazzi gaben heitere Kommentare und anerkennende Pfiffe von sich. Sie hatten vermutlich das Bild des Tages ergattert.

„Wenn Ihr uns jetzt entschuldigen würdet“, verabschiedete sich Neal. „Rose und ich wollen noch ein bisschen tanzen.“

„Klar, Neal. Viel Spaß!“

„Schönes Kleid, Rose.“

„Wann wird geheiratet?“

Verschiedene Fragen prasselten hinter uns her, doch Ralph und ein paar Türsteher schirmten uns ab. Neal führte mich wie angekündigt zur Tanzfläche, mitten hinein in die Menge der wogenden Leiber.

Dann tanzte er mich an. Er hatte wirklich ein paar coole Moves drauf, doch meine Beine waren noch immer ganz weich von unserem Kuss.

„Na, komm, Rose“, lockte er mich. Dabei musste er laut rufen, weil die Musik um uns herum dröhnte. „Tanz mit mir!“

Ich musste schmunzeln. Himmel, war das eben wirklich passiert? Kurz kreiste ich meine Schultern, um locker zu werden, und gab mich dann dem Takt der Musik hin.

„Du hast da was“, rief ich und streckte meine Hand nach Neal aus.

Er zog mich sofort an sich heran. Dabei hatte ich ihm nur den Lippenstift abwischen wollen. Den hatte ich passend zu meinem Kleid in einem knalligen Purpur gewählt. In dem lila Licht sah es gar nicht mal schlecht aus.

Sanft strich ich mit meinem Daumen über seine Unterlippe und sein Blick wurde zu Feuer.

„Also, da du heute Abend ja meine Freundin bist“, begann er und tanzte hauteng mit mir, „würde ich eigentlich auch gerne mit dir machen, was ich sonst mit meiner Freundin tun würde.“

Ich legte meine Wange an seine und sprach direkt in sein Ohr. „Und was wäre das?“

Das Knurren, das aus seinem Brustkorb drang, hörte ich trotz der hämmernden Musik und spürte es unter meiner Handfläche, so sehr vibrierte der Kerl. Dann zog er mich zu einem weiteren Kuss an sich heran. Der hier war nicht für die Presse. Er war nur für uns. Natürlich gab es kein Uns, weil er verrückt nach Heather war. Doch für diesen einen Abend gehörte er mir. Für diesen einen Abend war ich die Frau, die den Mann bekam und nicht andersrum. Und ein kleines bisschen fühlte ich mich noch attraktiver, weil sich ein Mann für mich interessierte, der sonst mit Heather Rivera ausging.

Um ihn zu necken, knabberte ich sanft an seiner Unterlippe. Ich genoss seine Küsse, seinen Körper auf mir, wenn die Musik uns führte. Das alles fühlte sich wie ein verrückter Traum an. Wir tanzten stundenlang bis wir völlig verschwitzt waren. Mein Kopf war wie aus Zuckerwatte, gefangen von Hormonen und Alkohol.

An der Bar tauschten wir unsere Telefonnummern aus, denn immerhin mussten wir noch unseren Kofferumtausch arrangieren und außerdem waren wir durch unseren Presseauftritt miteinander verbunden. Was auch immer dabei herauskam.

Es war schon vier Uhr früh, als Neal mich nach draußen begleitete. Er hatte Ralph mit einer Limousine vorfahren lassen. Ich hatte noch nie in so einem Ding gesessen.

„Das ist die Klublimousine“, erklärte Neal. „Die habe ich für VIP-Gäste als Service.“ Dann stupste er mit dem Finger an meine Nasenspitze. „Und du bist ja – wie wir wissen – ganz besonders VIP als meine Freundin.“

Verlegen rieb ich mein Ohrläppchen und lächelte. Zum Glück war er mir nicht böse wegen des spontanen Gebrauchs der Eintrittskarte oder der Kusseinlage vor den Kameras.

„Das war ein netter Abend“, sagte ich.

Er nickte. „Fand ich auch.“

Ich stieg ein und er schloss die Tür hinter mir. Ralph fuhr los und ich winkte noch einmal kurz durch die verdunkelte Scheibe. Vermutlich konnte Neal mich gar nicht mehr sehen. Ich kam mir ein wenig verloren vor, als der Abend mit ihm endete. Es war, als hätte es für mich Mitternacht geschlagen und alles würde sich wie in einem Märchen in Luft auflösen.

꧁ 6 ꧂

„Mädchen, ich bin stolz auf dich“, trällerte Tante Rose.

Verschlafen drückte ich mir das Handy ans Ohr und blinzelte gegen das grelle Sonnenlicht an. Ich gähnte herzhaft und schielte auf meinen Wecker. Es war Mittag.

„Schläfst du noch?“, wunderte sie sich.

„Ja.“ Himmel, mir klebte die Zunge am Gaumen fest. Ich brauchte erst einmal etwas zu trinken.

Ich stöhnte und quälte meine Beine über die Bettkante. Sie fühlten sich an, als hätte ich sie die halbe Nacht zum Tanzen benutzt, was ja auch stimmte.

„Wo hast du diesen tollen Mann nur her, Rosy?“, horchte meine Tante mich aus.

„Wen?“ Ich musste schon wieder gähnen.

Im Hintergrund hörte ich das Rascheln von Papier. „Wie heißt er gleich?“, murmelte sie. „Moment, hier steht: *Neal Burton*.“

Schlagartig war ich wach. „Woher kennst du Neal?“

„Nein, woher kennst *du* ihn?“ Meine Tante legte einen Singsang an den Tag, als wäre sie wieder zwanzig. „Ihr seht so entzückend aus zusammen, Rosy. Und erst diese

Tattoos."

Allmählich dämmerte mir, dass wir in der Presse gelandet sein mussten, aber wirklich glauben konnte ich es nicht. So was passierte mir schließlich nie.

„Sind wir in der Zeitung?", hakte ich nach.

„Ja!", zwitscherte meine Tante. „Euer Bild ist riesengroß in der *»Photo!«* abgelichtet."

„Oh nein." Ich rieb mir die Schläfen und ließ mir dann ein Glas Leitungswasser ein.

„Seite eins."

„Oh nein", stöhnte ich erneut.

„Ohne den Kuss wärt ihr sicher nicht auf der Titelseite gelandet. Meine Haushälterin Betty hat dich gleich erkannt und mir mehrere Ausgaben gekauft. Das ist so aufregend", hauchte sie.

Ich trank das Glas leer, stellte es in die Spüle und kniff mich kurz in den Arm. Autsch. Es stimmte also.

„Bist du noch dran?", wollte sie wissen.

„Ja." Mein Herz raste.

„Wann siehst du ihn wieder? Wo hast du ihn her?"

Ich schleppte mich zum Sofa und erzählte ihr die Geschichte vom vertauschten Koffer bis zur Inszenierung für die Fotografen, um seine Freundin eifersüchtig zu machen.

„Er ist also vergeben", resümierte ich.

„Nein", fand meine Tante. „Diese Heather hat doch den Fotografen. Es ist wie du gesagt hast: Im Moment ist er Single. Allerdings glaubt jeder, dass ihr ein Paar seid. Das musst du ausnutzen."

„Was denn ausnutzen?"

„Na, er hat dich doch geküsst."

Ich warf die Hand in die Luft. „Tante, er geht sonst mit Heather Rivera aus. *Heather Rivera!* Die sieht aus wie eine verbotene Mischung aus Gisele Bündchen und

Candice Swanepoel. Und ich sehe einfach nur aus wie ich."

„Pah, wer braucht ein Model?", schnaubte Tante Rose. „Du bist hübsch und süß. Das reicht doch wohl. Außerdem bist du da und hast keinen anderen."

Ich hörte jemanden in der Leitung anklopfen und kontrollierte mein Display. Oh nein. Das hatte mir gerade noch gefehlt.

„Tante, ich muss aufhören. Mama ruft mich gerade an."

„Lass ihn dir nicht ausreden!", beschwor sie mich. „Tschüs."

Das konnte ja heiter werden. Und ich hatte nichtsahnend geschlafen.

„Hallo Mama."

„Du hast Heather Rivera den Freund ausgespannt?", zeterte sie.

„Was?" Das wurde ja immer wilder.

Mom klang regelrecht kurzatmig. „Hier steht: *Die ambitionierte Modedesignerin Rose Young, hier zu sehen in ihrem eigens entworfenen Kleid, hat Topmodel Heather Rivera den Mann streitig gemacht. In einem Kuss nach Hollywood-Manier posierte das junge Paar für die Fotografen. Neal Burton erschien zur Eröffnung seines Londoner Klubs ganz unerwartet mit dieser neuen Frau an seiner Seite. Heather und er seien nur noch gute Freunde, erklärte Neal. Offensichtlich hat Jungdesignerin Rose dem Modelsternchen der Nation den Freund ausgespannt.*"

„Oh nein", stöhnte ich erneut. Hoffentlich würde mich niemand mit Spinat bewerfen.

„Oh doch", beharrte meine Mutter. „Wie konntest du nur?"

„Ich habe doch gar nichts gemacht. Heather hat einen

Fotografen.“

„Ja, erzähle das mal der Presse. Das ist wirklich peinlich, dass mich gerade jeder auf meine Tochter aus der Zeitung anspricht. Die Hochzeit deiner Schwester ist kaum einen Tag alt. Du kannst dich doch nicht so ins Rampenlicht drängen.“

Allmählich kochte Wut in mir hoch. „Wieso denn nicht?“

„Na, das ist ihr großer Moment“, jammerte Mom. „Und dann noch mit so einem Mann!“

Ich grinste hämisch und fragte ganz unschuldig: „Was stimmt denn nicht mit ihm, Mama?“

„Er besitzt Nachtklubs und hat Tinte unter der Haut. Das geht nicht gut aus. Ich sage dir, das nimmt ein schlimmes Ende. Du bist in der Presse. Komm wieder nach Hause.“

Hahaha. Damit ich mich von ihr weichspülen lassen konnte? Auf keinen Fall. Tante Rose hatte gar nicht so unrecht gehabt. Ein Mann wie Neal könnte meinem Leben Würze verpassen. Ich war wirklich dankbar, dass ich finanziell nicht am Tropf meiner Eltern hing.

„Mama, ich muss jetzt los.“

„Kommst du zu uns?“, fragte sie hoffnungsvoll.

„Nein, ich habe Termine. Wir hören wieder voneinander.“

„Aber Rose ...“

„Ja, oder falls wir uns nicht hören, bin ich mir sicher, dass du was in der Presse liest. Die halten dich ja bestens auf dem Laufenden. Bis dann.“

Damit unterbrach ich die Verbindung und atmete tief durch. Als Erstes würde ich mir unbedingt ein Exemplar von dieser ominösen Zeitung besorgen. Ich und Heather den Freund ausspannen. Das war ja total lachhaft. Jeder, der das Foto sah, hatte doch genügend Augen im Kopf, um zu sehen, dass ich das niemals gekonnt hätte. Ich war keine Heather. Und schon dreimal nicht hübscher als sie. Es war ja gar kein Wunder, dass Neal sie zurückhaben wollte. Aber andererseits hatte Heather nun einen neuen Freund. Und falls Neal deshalb traurig war, würde ich gerne bei ihm sein, um ihn zu trösten. Zumindest hatte ich seine Nummer.

Dieses Mal ließ ich mir extra viel Zeit, um mich hübsch zu machen. Auf keinen Fall würde ich nach so einer Schlagzeile in Jogginghosen aus dem Haus gehen. Ich wählte mir ein blumiges Sommerkleid im Stil der fünfziger Jahre aus und legte mir dazu einen schmalen Gürtel mit Rosenapplikationen an. Damit sah ich gleich wie eine neue Stilikone aus. Na, wer sagt's denn?

Anschließend malte ich mir einen schwungvollen Lidstrich auf die Augen. Aus einer Laune heraus legte ich denselben Lippenstift auf wie gestern Nacht im *Dark Purple.* Ich seufzte bei dem Gedanken an unseren Kuss und frisierte mein Haar. Eine Stunde später war ich zufrieden. Und alles bloß, um mir eine Zeitschrift beim Laden um die Ecke zu holen.

Pfeifend schlenderte ich aus dem Haus. Es wartete keine Horde Paparazzi auf mich. Aber die lungerten bestimmt alle vor Neals und Heathers Apartments herum. Der Tag war sonnig und jung und ich fühlte mich wie neugeboren. Diese Hochzeit hatte wie ein Schleier aus schwarzem Teer auf der letzten Woche geklebt. Doch nun wollte ich nach vorne schauen.

Mein Zeitungsverkäufer grinste mich breit an, als ich sein Geschäft betrat. Omar war ein reizender Mann Mitte fünfzig und zwirbelte an seinem Bart herum.

„Na, wenn das nicht Rose ist", grüßte er mich mit diesem liebenswerten Akzent, der immer klang, als würde er mir gleich ein Märchen von Scheherazade erzählen.

Stattdessen hielt er die neueste Ausgabe der *»Photo!«* hoch und endlich sah ich selbst, was halb England schon gelesen hatte. Direkt auf der Titelseite. Die Schlagzeile lautete: *„The kiss of Rose."* Neal und ich waren bei unserem Kuss vor seinem Klub zu sehen. Und etwas kleiner daneben gab es ein Foto von ihm und Heather, durch das ein Riss verlief.

Wow. Es war etwas völlig anderes, davon erzählt zu bekommen und es selbst zu sehen. Das war vollkommen verrückt. Ich musste bei Alice im Wunderland gelandet sein.

Omar lachte und schüttelte den Kopf. „Ich dachte, ich gucke nicht richtig."

Ich kaufte bei ihm seit Jahren sämtliche Ausgaben von *Vogue, Elle* oder *Cosmopolitan.* Er war mein Modezeitschriften-Dealer. Oft plauderte ich mit ihm über meine Entwürfe und er gab mir Tipps, wie sich alles orientalischer gestalten ließe, was immer richtig erfrischend war.

„Meine Mutter läuft deswegen schon Amok", seufzte ich.

„Magst du ihn?"

Ich nickte lächelnd. „Ja, er ist sehr nett, aufmerksam und irgendwie aufregend."

„Weil er deine Mutter aufregt?"

„Nicht nur."

„Aber?"

Ich seufzte. „Das ist alles kompliziert."

Er zuckte die Schultern und machte eine wegwerfende Handbewegung. „Das ist es doch immer."

„Ich nehme eine davon." Dabei zeigte ich auf die Zeitschrift in meiner Hand.

Omar schüttelte den Kopf. „Die schenke ich dir,

Rose."

„Danke."

„Ich bin gespannt, ob ich dich jetzt noch öfter in meinen Zeitschriften sehen werde."

„Ja, ich auch."

Winkend verschwand ich aus seinem Laden und nahm meine Errungenschaft mit nach Hause. Dann studierte ich den Artikel von vorne bis hinten, um mehr über Neal zu erfahren. Wie es aussah war er ein Selfmademan. Er hatte sich aus einem kleinen Provinznest hochgearbeitet und nun mit dem *Dark Purple* das Juwel seiner Klubs eröffnet. Diese waren von Mal zu Mal gewachsen. Er hatte ein paar gute Investoren gefunden und ansonsten ein Gespür für das Geschäft gezeigt. Heather Rivera kannte er schon seit zwei Jahren. Aber ihre Beziehung war immer wieder unterbrochen gewesen. Das klang eigentlich nicht nach der einen großen Liebe, die für alle Zeiten Bestand hatte.

Vielleicht gab es ja doch eine Möglichkeit Neal näherzukommen.

Mit dem Finger fuhr ich die Linien seines Gesichts entlang. Der Kuss prickelte in meiner Erinnerung, als würde er gerade erst passieren. Ich musste lächeln und legte die Zeitschrift beiseite. Es fehlte gerade noch, dass ich mich in einen Mann verliebte, dessen Herz noch an seiner Ex hing.

Besser, ich lenkte mich mit etwas Arbeit ab. Mein grünes Kleid konnte ich noch immer nicht umgestalten, weil Neal es noch hatte. Dann würde ich mich eben im Internet zu etwas Neuem inspirieren lassen. Ganz nebenbei prüfte ich meine Mails und fiel fast vom Stuhl. Mein Postfach zählte hundertfünfunddreißig eingegangene Nachrichten von meiner Website. Sprachlos scrollte ich durch die Liste. Es waren allesamt

Anfragen für das lila Kleid, das ich gestern Abend im Klub getragen hatte. Dabei wusste ich noch nicht einmal einen Preis dafür.

Und ganz sicher hatte ich weder genügend Material, noch genügend Arbeitskapazität, um über hundert Stück davon zu nähen. Dafür würde ich Monate brauchen. Oder wenigstens ganz viel Hilfe von ein paar lieben Mitstudenten in Anspruch nehmen müssen. Das war so was von verrückt. Ich hatte keine Ahnung, wo ich anfangen sollte.

Etwas verlegen betrachtete ich meine alles andere als professionell aufgezogene Homepage. Da musste dringend etwas passieren. Wie sollte diese fade Seite mich gewerbsmäßig repräsentieren?

Wie richtete man überhaupt einen Onlineshop ein?

Und wie funktionierte das mit der Steuer?

Völlig überfordert schlug ich die Hände über dem Kopf zusammen.

„Was hast du dir da nur eingebrockt, Rose?“, flüsterte ich.

꧁ 7 ꧂

„Ich vermisse meinen Koffer.“

Das waren nicht ganz dieselben Worte wie: *„Ich vermisse dich“*, aber es war ein guter Anfang.

„Neal!“ Mein Herz schlug gleich ein paar Schläge schneller.

„Ja, der bin ich. Oder hast du noch anderen Männern die Koffer geklaut?“ Ich hörte den Schalk aus seiner Stimme heraus.

„Koffer, Autos, Waffen, alles“, zählte ich freimütig auf.

„Da bin ich ja noch gut weggekommen.“

„Du darfst dich zur klareren Identifizierung auch Nummer 123 nennen.“

Okay, 1, 2, 3 war nicht gerade eine originelle Zahlenkette. Deshalb machten Zahlenschlösser bei mir auch überhaupt keinen Sinn. Die würde jeder Grundschüler knacken können.

„Was ist aus Mister Sexy geworden?“, erkundigte er sich unbedarft.

„Das hast du dir gemerkt?“ Ich war leicht entsetzt.

Dabei war mir das nur ein einziges Mal bei ihm herausgerutscht.

Er lachte. „Klar habe ich mir das gemerkt. So oft höre ich das nun auch wieder nicht."

Ich grinste wie eine Idiotin und starrte dabei auf den noch immer völlig amateurhaften Hintergrund meiner Website. Alles Basteln hatte bisher nicht geholfen. Es war aber auch verdammt schwer, mit diesen Baukasten-Websites etwas Vorzeigbares zu zaubern. Dabei war das richtiggehend peinlich, wenn man für schöne Kleider werben wollte.

„Was hältst du von einem Treffen heute Nachmittag?", schlug er mir vor.

„Ja, gerne. Ich habe Zeit."

Ich schaffte es nicht, so zu tun, als wäre mir das egal oder als müsste ich erst einmal meinen Kalender überprüfen. Vermutlich verstieß ich gegen sämtliche Regeln des Sich-rar-Machens. Aber was das betraf hatte Neal schließlich schon Heather. Er brauchte wohl kaum zwei Frauen, die Verstecken spielten.

„Prima, ich würde nämlich gerne unsere Koffer tauschen. Was hältst du davon, wenn ich nachher zu dir komme?"

„Das klingt gut. Ich kann mit deinen Krawatten eh wenig anfangen."

Er gab ein amüsiertes Geräusch von sich. „Hast du gesehen, dass wir auf Seite eins gelandet sind?"

Gut gelaunt zog ich mit meiner Maus Schnörkellinien auf dem Mousepad und sah dem Zeiger dabei zu wie er über meinen Bildschirm flitzte. „Allerdings. Aber erst nachdem mich meine halbe Verwandtschaft deswegen angerufen hat."

„Das passiert dir sonst wohl nicht so oft, oder?"

„Nie."

„Dann bis nachher.“

Ich grinste wie ein Honigkuchenpferd als ich auflegte. Neal würde vorbeikommen. Das war ein echter Lichtblick. Schnell räumte ich noch etwas in meiner Wohnung auf, denn ich war kein bisschen auf Besuch eingerichtet.

Als Neal schließlich klingelte, flatterte mein Herz hektisch in meiner Brust umher und meine Fingerspitzen kribbelten. Ich zupfte meine Haare im Spiegel in Form und öffnete ihm dann.

Ein wenig fühlte es sich an, als würde damit auch die Tür zu meinem Märchen wieder aufgehen.

Er stand vor mir mit diesem smarten Lächeln, das mir schon im Flieger so gut gefallen hatte. Heute trug er lässige Jeans und ein kurzärmliges Poloshirt in grau und rot, das an den Ärmeln asymmetrisch gestreift war.

Neal schob seine Sonnenbrille ins Haar und musterte mich von oben bis unten. Dann grinste er und stieß einen leisen Pfiff aus.

„Verdammt hübsches Kleid, Rose.“

Ich fühlte mich vor lauter Aufregung wie fünfzehn. Unter seinem anerkennenden Blick und dem Kompliment schmolz ich dahin wie Schokolade in der Sonne.

„Dankeschön“, flüsterte ich und grinste.

Neal zeigte auf seine freien Arme, die durch das kurze Shirt gut sichtbar waren.

„Ich dachte, ich führe heute mal für dich meine Tattoos ein bisschen aus.“

Ich lachte und winkte ihn herein.

Er hob jedoch seinen Finger, dass ich warten sollte, und zog den neben der Tür versteckten Koffer hervor. „Den habe ich dir mitgebracht.“

„Dass der für so viel Trubel sorgen konnte ...“

Etwas unsicher fühlte ich mich doch, als Neal sich an mir vorbei in meine kleine Wohnung schob und meinen Koffer abstellte. Sicher hatte er ein Loft aus Fenstern und kam sich gerade vor, als wäre er in einem Kleiderschrank gelandet.

„Du hast es hübsch hier“, sagte er jedoch.

Erleichtert atmete ich auf. „Danke.“

Wir lächelten uns an. Er duftete nach demselben Aftershave wie gestern Nacht.

Dann entdeckte Neal die *»Photo!«* auf meinem Tisch, nahm sie hoch und tippte darauf. „Die haben uns gut getroffen, oder?“

„Ja, allerdings. Meine Mutter war total schockiert.“

Da war wieder sein Haifischlächeln. „Ich dachte, das wolltest du so.“

„Stimmt.“

„Sonst alles okay bei dir? Du wirkst, als wärst du etwas durch den Wind.“

Ich schüttelte den Kopf. „Es ist einfach ein total verrückter Tag. Außerdem wurde ich mit Anfragen für mein lila Kleid überrannt.“

„Hey, das ist doch toll.“

„Ja.“ Ich zuckte die Schultern und kratzte meinen Arm. „Ich fühle mich nur etwas erschlagen von der Menge an Zeug, was ich jetzt tun kann. Und meine Homepage sieht aus wie ein Witz. Ich habe nicht mal einen Preis für das Kleid oder eine Verkaufsseite. Mir fehlt der Stoff und die Leute, um das alles zu nähen ...“

Neal packte die *»Photo!«* weg, kam auf mich zu und hielt meine Schultern fest. „Ganz ruhig. Eins nach dem anderen. Zeig mir mal deine Homepage.“

Okay.

Das würde peinlich werden.

Trotzdem war ich erleichtert, mit diesem Problem

gerade nicht so allein zu sein und öffnete Neal meine Seite am Computer. Er schaute mir dabei über die Schulter, was mich ziemlich nervös machte.

Erst war er still, doch dann lachte er los. Und nicht nur ein bisschen, sondern wirklich so richtig.

„Hey!“, beschwerte ich mich. „Das ist jetzt aber nicht sehr konstruktiv.“

„Tut mir leid“, gluckste er und wischte sich mit der Hand die Lachtränen aus den Augen. „Damit habe ich echt nicht gerechnet.“

„Danke vielmals.“ Am liebsten wollte ich alles schließen.

Doch Neal hielt mich davon ab und schüttelte den Kopf. „Nein, schon gut. Du glaubst ja gar nicht, wie klein ich damals angefangen habe. Aber du brauchst echt Hilfe.“

„Ich weiß“, bekannte ich. „Das ist das Beste, was ich hinbekommen habe. Ich designe Mode, aber anscheinend wirklich keine Websites.“

„Lässt du mich mal da ran?“ Neal deutete auf meinen Rechner.

Ich nickte und rutschte auf dem Hocker zur Seite, damit er Platz neben mir hatte.

„Ist das eine Klavierbank?“, fragte er mich, als er sich an meine Seite schob.

„Ja, ich finde Bürostühle so hässlich und unwohnlich.“

Ich bekam fast ein Déjà-Vu-Gefühl, als er es sich neben mir bequem machte. So hatte unsere Begegnung in der Bar auch begonnen. Ich spürte seine Haut auf meinem Arm und dachte sofort an unseren Kuss.

Befangen nagte ich an meiner Unterlippe und starrte auf die verschlungenen Muster seines Tattoos.

Neal schien nicht in seiner Erinnerung festzuhängen. Er öffnete mit ein paar schnellen Klicks die Seite seines

Londoner Klubs.

„Das ist die Homepage vom *Dark Purple*“, erklärte er, ohne dass es dieser Worte bedurft hätte. Seine Seite sah vollkommen professionell aus und fing die Stimmung des Klubs sehr gut ein. „Hier sind Events, Preise, Öffnungszeiten und alles mögliche aufgelistet. Siehst du?“

Er navigierte durch das Menü der Seite und zeigte mir die verschiedenen Bereiche.

„So was brauche ich“, sagte ich und hätte ihm am liebsten die Seite geklaut.

„Ich kann dir gerne mal Chris ausleihen. Das ist mein Mann für den ganzen Computerkram. Er hat auch diese Seite erstellt.“

„Was kostet es denn, ihn zu engagieren?“

Neal lächelte mich an. „Geht aufs Haus, Rose.“

In meinem Bauch kribbelten hundert Schmetterlinge, als er mich so ansah. „Danke.“

Er winkte ab. „Kein Problem.“ Dann tippte er auf die *»Photo!«*. „Du bist doch meine Freundin, schon vergessen?“

Nein, das hatte ich nicht. Ich würde am liebsten sogar direkt an diesem Punkt anknüpfen, doch Neal stand schon wieder auf und sah sich in meinem Wohnzimmer mit all den Kleiderstangen an den Wänden um.

„Das ist wohl der größte begehbare Wandschrank, den ich je gesehen habe. Sogar mit Sofa und Fernseher.“

„Das ist mein Wohnzimmer“, klärte ich ihn auf.

Er schaute sich die verschiedenen Kleidungsstücke von mir an. „Hübsche Sachen. Dein Blumenkleid würde sich bestimmt auch gut verkaufen.“ Er wies auf das Kleid, was ich gerade trug.

„Erst mal muss ich das *Purple Dress* produzieren.“

Neal grinste. „Wird das der Name von deinem

Cocktailkleid?“

„Keine Ahnung“, gab ich zu.

Er kramte eine Visitenkarte aus seiner Brieftasche und reichte sie mir. „Das ist die Nummer von Chris. Er wird dir deinen Web-Shop einrichten. Aber du musst dir einen Preis überlegen und ihm die Produktdetails sowie Bilder vom Kleid geben.“

„Klar.“ Ich nickte und starrte auf die Visitenkarte in meiner Hand. „Ich hatte noch nie einen Versandhandel.“

Neal suchte mir noch ein weiteres Kärtchen heraus. „Das ist die Nummer von meinem Anwalt. Er kennt sich bestens mit den ganzen rechtlichen Aspekten aus. Ich werde ihm sagen, dass du ihn anrufen wirst. Er kann dich dann beraten und dir die Texte für deine Homepage aufsetzen, was die ganzen Abwicklungen des Versandgeschäfts betrifft.“

„Danke.“ Ich stieß die Luft aus. „Wirklich, das hilft mir sehr. Und ich kümmere mich dann noch um den praktischen Teil wie zum Beispiel Helfer zum Nähen zu finden und die notwendigen Stoffvorräte zu besorgen.“

„Das ist ein guter Anfang, Rose“, stimmte Neal mir zu. „Du findest da mit der Zeit rein. Ich habe das *Dark Purple* auch nicht über Nacht aus dem Boden gestampft.“

Mir wurde immer mehr bewusst, dass zwischen dem, wovon ich immer geträumt hatte – nämlich meinem eigenen Modelabel –, und dem, was sich jetzt für mich auftat, viele rechtliche und technische Finessen lagen, mit denen ich mich vorher noch viel zu wenig beschäftigt hatte.

„So, wo hast du denn eigentlich meinen Koffer?“, wollte Neal von mir wissen.

Verlegen lächelte ich. „Stimmt, den habe ich fast vergessen. Ich hole ihn dir.“

Neal machte es sich auf meiner Couch bequem und ich lief ins Schlafzimmer. Ich rollte noch schnell die Krawatten wieder auf, verstaute alles ordentlich und klappte seinen Koffer zu. Es war seltsam, ihn wegzugeben. So als würde mir damit ein Zugang zu Neal verlorengehen. Aber natürlich hatte ich keinerlei Anspruch auf sein Gepäck oder seine Aufmerksamkeit. Es war schon toll, dass er mich bei meiner Karriere unterstützen wollte.

Als unsere Koffer schließlich beide nebeneinander im Flur standen, wunderte es mich überhaupt nicht, dass ich nach dem falschen gegriffen hatte. Sie waren absolut identisch.

„Also dann ...“, murmelte ich und sah ihn an.

Neal stand nur eine Armeslänge von mir entfernt und lächelte mich an. Sein Lächeln wurde noch eine Spur wärmer, als er mir zum Abschied über den Arm strich. Ich bekam eine Gänsehaut unter seiner Berührung und er bemerkte es. Für eine Sekunde flirrte zwischen uns dieselbe Energie auf, die wir am Abend zuvor auf der Tanzfläche gespürt hatten. Ich wollte ihn wieder küssen und presste meine Lippen aufeinander, weil es mir so schwer fiel, mich von ihm fernzuhalten.

„Bis bald, Rose“, sagte er und ging.

Bei diesem Abschied fühlte ich mich schrecklich leer. Ich starrte auf meinen Koffer, den ich plötzlich gar nicht mehr haben wollte, und legte die Hand auf die Tür, um mich abzustützen und einmal tief Luft zu holen. Vielleicht hätte ich ihm sagen sollen, dass ich ihn besser kennenlernen wollte, aber vielleicht hätte ich ihn auch genau mit solchen Worten endgültig vertrieben. Zwischen uns stand immer noch Heather. Und mit einem Mal fand ich sie gar nicht mehr so besonders hübsch oder toll.

Heather Rivera, das Sweetheart der Nation, hatte etwas, um das ich sie viel mehr beneidete als um ihren Erfolg. Sie hatte Neal. Und dafür musste sie nur mit dem Finger schnippen.

8

Die nächsten zwei Wochen waren ein einziges Chaos. Chris, Neals Computerspezialist, half mir zum Glück dabei, eine Website auf die Beine zu stellen, um die ich mich glatt selbst beneidete. Sie war so toll gestaltet, dass mir die Erinnerung an die eigenen Basteleien meiner früheren Homepage regelrecht Tränen der Scham in die Augen trieb.

Aber ich wollte nach vorne schauen. Jetzt konnte sich mein Webshop wirklich sehen lassen.

Chris hatte allen Frauen, die mir eine Emailanfrage zu meinem Kleid geschickt hatten, eine automatische Nachricht zukommen lassen, in der sie gebeten wurden, bei Interesse ihre Bestellung auf meiner fertig eingerichteten Homepage mit ihrer Konfektionsgröße vorzunehmen.

Und Neals Anwalt hatte mich mehrere Stunden in den ganzen rechtlichen Aspekten unterwiesen und die juristischen Formulierungen auf meiner Geschäftsseite vorgenommen. Er hatte sich auch um sämtliche Anmeldeformalitäten gekümmert. Mein Finanzamt hielt mich nun für eine Firma. Wow.

Ich war Neal wirklich dankbar dafür, dass er mich von seinen Kontakten profitieren ließ. Im Grunde hatte ich ja nur unerlaubt seine Eintrittskarte benutzt. Er war wirklich ein Schatz. Ein Schatz, der mir ständig durch den Kopf schwirrte und mich nicht mehr schlafen ließ.

Tante Rose war total begeistert von meinem Turbostart in die Geschäftswelt. „Ah, Rosy, bald bist du auf der Fashion Week."

Sie sah schon eine schillernd bunte Welt des Glamours vor mir ausgebreitet, als würden mir nun alle Türen sperrangelweit offenstehen. Dabei befand ich mich erst ganz am Anfang und machte mir regelmäßig Sorgen, dass mir alles über den Kopf wuchs.

Meine Tante hingegen zweifelte keine Sekunde an ihrer Vision von meiner Zukunft. Sie hatte mir auch sofort das Geld zur Verfügung gestellt, damit ich mich mit den nötigen Stoffen eindecken konnte, die ich für die Kleiderbestellungen brauchte, und noch etwas mehr, um weitere Nähmaschinen für die Fertigung zu kaufen. Alleine würde ich das nämlich niemals bewerkstelligen können.

Also hatte ich drei liebe Kommilitonen aus meinem Modedesign-Studium für mich gewinnen können, mit denen ich auch schon früher immer mal wieder etwas unternommen hatte: Sheila, Benny und Lulu. Sie fanden es total aufregend, dass ich in der Presse gewesen war. Das war sowieso etwas vollkommen Ungewohntes, denn ab und zu erkannten mich fremde Leute auf der Straße. Manchmal fand ich es unheimlich, dass sie mich kannten, aber ich sie nicht.

Sheila, Benny und Lulu hatten sich darauf eingelassen, zunächst umsonst für mich zu schneidern, wenn ich sie später am Gewinn aus den Kleiderverkäufen beteiligte.

Das motivierte mich sehr, weil sie offensichtlich an meinen Erfolg glaubten und sich dafür ihre Freizeit bis in die Nächte hinein mit mir um die Ohren schlugen.

Mein kleines Atelier war mit den drei fröhlichen Schneidergehilfen ziemlich voll, aber es machte sehr viel Spaß. Tagsüber besuchten wir unsere Kurse und anschließend nähten wir wie die Besessenen mein lila Cocktailkleid in insgesamt fünf verschiedenen Konfektionsgrößen.

„Du solltest keine zu kleinen oder zu riesigen Kleider anbieten, Rose“, hatte Lulu gefunden. „Stell dir mal vor, die retournieren ihre Kleider und du findest für die Größen schwer neue Käufer. Dann bleibst du auf den Randgrößen sitzen. Das Risiko ist zu groß.“

„Stimmt“, hatte Benny zugestimmt. „Du bist eine kleine Jungunternehmerin und kannst unmöglich den ganzen Markt bedienen. Du musst ökonomisch denken und erstmal nur die Kleider anfertigen, die du auch mit hoher Wahrscheinlichkeit verkaufen kannst. Sprich: gängige Größen.“

Aber selbst die stellten uns schon vor eine echte Herausforderung. Erstaunlich viele Frauen, die sich schon zu Beginn für mein Kleid interessiert hatten, waren auch dem neuen Shop gefolgt und hatten tatsächlich Bestellungen abgegeben. Zwar hatte Chris im Programm eingegeben, dass das Kleid nicht auf Lager sei und eine Bestellzeit von drei bis fünf Wochen hätte, doch das war Zeitdruck genug für uns vier. Im Augenblick war nicht einmal daran zu denken, weitere Kleider in den Katalog mit aufzunehmen, dabei hätten wir alle langsam gerne mal etwas anderes als nur das *Purple Dress* gesehen.

Sogar Neal hatte eines Abends überraschend vorbeigeschaut und einen Haufen leerer Pappkartons mit

Blumendruck dabeigehabt.

„Neal!“ Ich hatte mich riesig gefreut, ihn so spontan zu sehen. „Was machst du denn mit den ganzen Schachteln?“

„Na, du brauchst doch hübsche Kartons für deinen Kleiderversand. Ich kann noch mehr davon besorgen. Sag einfach Bescheid.“

Sie sahen toll aus und machten richtig was her. Ich fühlte mich stolz wie eine Abschlussballkönigin, als ich die ersten Lieferungen damit bei der Post aufgegeben hatte.

Neal war an dem Abend leider nur kurz geblieben, um mir die Schachteln dazulassen. Dann war er zum *Dark Purple* weitergefahren. Aber dafür hatte ich einen kleinen Kuss an der Tür bekommen. Denn sogar vor meinen drei fleißigen Schneidern hielt er die Geschichte mit unserer Beziehung aufrecht.

Die drei hatten natürlich gepfiffen und applaudiert, als wir diese kleine Kusseinlage für sie boten, aber mir waren vor allem die Schmetterlinge im Bauch umher geschwirrt, als wäre Sommer über einem See voller Seerosen. Ich war ganz und gar dabei, mich in Neal Burton zu verknallen.

„Der sieht so heiß aus“, hatte Benny gefunden.

„Danke.“

Ich musste immer lachen, wenn Benny da war. Er war ein echt schräger Vogel mit einem sehr eigenwilligen Kleidungsstil. Aber er war ein herzensguter Mensch und nähte besser als ich. Überhaupt waren wir sehr bald ein richtig gutes Team.

Und dann passierte es.

Es war ein so grandioser Moment, als die erste Zahlung von einer Käuferin auf meinem Geschäftskonto landete. Als wäre dadurch alles erst real geworden. Als hätten wir davor noch einfach aufwachen können und alles wäre bloß ein Traum gewesen.

Um den ersten Erfolg zu feiern lud ich Lulu, Sheila und Benny gleich zum Essen ein. Meine Horrorvorstellung war ja gewesen, dass wir achtzig lila Kleider nähten und jedes zurückgeschickt bekamen, weil es doch keiner behalten wollte. Achtzig Kleider, die mich immer daran erinnert hätten, was für große Illusionen ich mir doch gemacht hatte. So wie damals, als Simon mich erst gewollt hatte und sich dann doch lieber für meine Schwester entschieden hatte. Aber nicht immer musste alles schiefgehen.

„Auf die nächsten Kleiderverkäufe", jubelte Sheila. Sie hatte weißblondes Haar und Ohrringe mit Totenkopfanhängern. Außerdem hatte sie mehr Piercings, als ein Hundehalsband Nieten besaß.

„Das ist ein Meilenstein", behauptete Benny.

„Auf das lila Kleid." Lulu nickte und schob sich die lila Perücke auf ihrem Kopf zurecht, die sie sich extra für unseren Abend besorgt hatte. „Obwohl ich langsam kein Lila mehr sehen kann. Demnächst fühle ich mich noch wie eine chinesische Fabriknäherin."

„Nee, nee", widersprach Benny. „Die bekommen immerhin einen Hungerlohn. Wir machen das umsonst."

„Außer heute", wandte Sheila sofort ein. „Ein Kleid haben wir. Unser erster Verkauf. Jetzt rollt der Rubel."

Wir stießen an und feierten den ganzen Abend den Verkauf des Kleides. Diese erste Zahlung war ein unglaublich tolles Gefühl und sie ließ mich für eine kleine Weile sogar vergessen, dass ich allmählich Liebeskummer hatte, weil ich mit dem Mann, mit dem ich angeblich zusammen war, leider noch immer keine echte Beziehung führte.

Er fehlte mir an diesem Abend. Doch er war – wie so

oft – im *Dark Purple.*

Tag für Tag an dem Kleid zu nähen, das ich getragen hatte als wir uns begegnet waren, half mir nicht gerade dabei, meinen Alltag ohne ihn besser zu bewältigen.

Und noch immer schwebte Heather wie ein Damoklesschwert über unserer trauten Inszenierung einer Beziehung. Sie konnte ihn mir jederzeit wieder wegnehmen. Dabei hatte ich bisher kaum etwas von ihm gehabt.

⅀ 9 ☙

„Ich brauche dich für einen weiteren Auftritt als meine neue Flamme. Bist du dabei?“

Das waren die schönsten Worte, die ich in den letzten zwei Wochen gehört hatte.

Ich hatte mir gerade ein Duschtuch umgewickelt und stand nun still jubelnd im Flur. Es war Wochenende und trotz des Arbeitspensums, das noch vor uns lag, hatten wir uns dazu entschlossen, beim Nähen zwei Tage Pause zu machen, weil alles andere Selbstmord gewesen wäre.

„Bin dabei“, sagte ich vergnügt.

„Du weißt ja noch gar nicht, was wir machen.“

Es tat so gut, Neals Stimme zu hören. Im Moment klang er amüsiert.

„Das ist ganz egal. Meine Finger bluten schon vom vielen Nähen.“ Das war natürlich übertrieben, aber eine Pause konnte wirklich nicht schaden. „Abwechslung wäre super.“

Abwechslung mit ihm wäre sogar ein echter Traum. In den Nächten, wenn ich völlig überarbeitet und aufgekratzt im Bett lag, brauchte ich nur die Augen zu schließen und alles um mich herum wurde wieder lila. Dann spürte ich wie von selbst den Puls der Musik, zu der wir im *Dark Purple* getanzt hatten, erinnerte mich an seinen Körper, seine unglaublich blauen Augen, den Ausdruck darin, bevor wir uns näherkamen, und den Geschmack seiner Küsse. Mein Herz fühlte sich dann so kribbelig an. Und die Erinnerungen schillerten in mir wie eine Diskokugel.

Ich würde versuchen, dass er mich wieder küsste wie an unserem allerersten Abend. Sicher hielt er sich wegen Heather zurück, also musste ich mehr mit ihm flirten, wenn ich eine Chance haben wollte, damit er sie vergaß und sich auf mich einließ. Da war etwas zwischen uns gewesen, das ich mir nicht nur eingebildet hatte.

„Bestens. Ich wollte dich gerne zu einem Polospiel entführen", sagte er nun.

Ich musste fast kichern. Das hörte sich unglaublich spießig an. Eher wie etwas, das meine Eltern gerne täten.

„So langweilig hätte ich dich gar nicht eingeschätzt", foppte ich ihn.

Neal nahm es zum Glück mit Humor und lachte. „Ich treffe dort einen Geschäftspartner und pflege ein paar Kontakte. Außerdem ist es nur halb so öde, wie es sich anhört. Und es gibt ein Buffet."

„Für ein Buffet komme ich gerne mit."

Und natürlich für dich ...

„Prima, dann hole ich dich gegen halb zwei ab."

Als ich auflegte, jubelte und hüpfte ich durch die Wohnung. Mir war ganz egal, dass mein Handtuch dabei herunterfiel und ich nackt durch die Zimmer hopste. Ich würde Neal sehen. Ich würde ihn endlich wiedersehen. Ich nahm die *»Photo!«* mit unserem Bild darauf hoch, wirbelte im Kreis und drückte ihm ein Küsschen auf das Papier.

Die siebzigjährige Miss Hallinger aus dem Haus gegenüber schüttelte gerade ihren Staubwedel am Fenster aus und starrte zu mir herein.

Ups.

Verlegen lächelnd bedeckte ich mich mit der Zeitung, schloss das Fenster und ging mir etwas anziehen. Allerdings hatte ich keine Ahnung, wie man sich zu einem Polospiel eigentlich kleidete. Ich hoffte mal ganz stark, dass es nichts mit diesen albernen Hüten von der Pferderennbahn zu tun hatte, für die wir Briten gerne mal in der Zeitung landeten.

Das Wetter war schwül-warm mit leicht bedecktem Himmel. Ich baute einfach darauf, dass es später nicht kühler werden würde, denn ich wollte für Neal etwas Hübsches anziehen. Also entschied ich mich für ein kurzes Sommerkleid, in dem meine Beine ganz lang aussahen. Es war korallenrot mit kleinen cremefarbenen Schwalben darauf. Die schmalen Träger betonten meine Schultern.

Ich suchte mir passenden Schmuck und halbhohe Sandaletten dazu aus, mit denen ich auch über einen Rasen gehen könnte, falls ich das musste.

Mein Make-up gestaltete ich dezent, aber die Lippen malte ich mir rot an, damit Neal möglichst viel auf meinen Mund schaute und an unsere Küsse dachte. Außerdem passte das toll zum Kleid.

Als er endlich klingelte hatte ich mir hundert verschiedene Situationen für den heutigen Nachmittag ausgedacht, was alles passieren könnte und wie wir uns am Ende immer wieder küssten. Doch als ich ihn sah, war mein Kopf wie leergefegt.

Er trug helle Hosen und ein grau-blau gestreiftes Poloshirt. Irgendwie sah er aus, als könnte er gleich selbst beim Polo mitspielen. Sportlich und trotzdem männlich und elegant. Er war trainiert, aber sehr schlank. Und seine Haare schienen irgendwie nie länger zu werden. Er schor sie vermutlich jede Woche.

„Hallo Rose." Seine Stimme war wie Honig.

„Hey, Neal." Ich strahlte ihn an. „Stell dir vor, wir haben das erste Kleid verkauft."

„Du verkaufst doch dauernd Kleider", wunderte er sich. „Ich musste dir erst vorgestern neue Schachteln bringen."

„Ja, aber die erste Zahlung ist eingegangen."

Er grinste. „Ja, dann: Herzlichen Glückwunsch!"

Ich umarmte ihn spontan und strich ihm dabei über seinen Nacken. Es tat gut, ihn zu berühren.

„Das verdanke ich nur dir."

Zum Glück erwiderte er meine Umarmung.

„Das Kleid hast du ganz allein entworfen. Aber es freut mich, wenn ich dir helfen konnte."

„Du weißt doch, dass du das hast."

Ich sah ihm in die Augen und lächelte ihn an. In diese karibikblauen Augen könnte ich stundenlang schauen.

„Bist du bereit für unseren gemeinsamen Auftritt?"

Ich nickte fröhlich, denn ich hatte riesige Lust darauf, seine Freundin spielen zu dürfen. Dazu würde schließlich auch gehören, dass wir Händchen hielten und uns küssten.

Auf der Fahrt in seinem Wagen fragte ich ihn aus: „Das *Dark Purple* ist also dein achter Klub?"

„Ja, ich habe ganz klein angefangen. Eigentlich stamme ich aus Ipswich. Dort habe ich auch meine erste Bar eröffnet. Das hatte mit einer Disko noch überhaupt nichts zu tun."

Er setzte den Blinker und fuhr Richtung Norden. Raus aus London.

„Wolltest du immer einen Klub haben?"

„Nicht von Anfang an. Als ich klein war wollte ich vom Rennfahrer bis zum Feuerwehrmann alles mögliche werden. Aber am *Dark Purple* habe ich seit sechs Jahren gearbeitet. London ist einfach die Königsklasse. Es ist nicht so leicht, ein Objekt zu finden, das in Lage, Preis und Größe stimmt. Für London braucht man viel Kapital. Da musste ich mich erst hinarbeiten und Kontakte knüpfen."

„So wie heute", sagte ich und spielte an den Einstellungen der Lüftung auf meiner Seite.

„Heute plane ich schon für den nächsten Klub. Den will ich in Paris aufziehen. Mein erster Laden außerhalb der Insel."

„Wow." Ich lächelte ihn an. „Dann bist du ein echter Selfmademan und demnächst international unterwegs."

Er nickte. „Hab hart dafür gearbeitet."

„Und Heather?" Unsicher nagte ich an meiner Lippe.

Neal seufzte und starrte auf die Straße, obwohl sie im Augenblick nur geradeaus verlief.

„Sie kam in einen meiner Klubs. Das *Eden* in Edinburgh. Das war vor zwei Jahren. Ich habe sie im VIP-Bereich ein bisschen betreut und dabei sind wir uns nähergekommen."

Bilder von den beiden bauten sich in meinem Kopf auf, die ich überhaupt nicht sehen wollte. Der Film in meinem Kopfkino taugte für keinen Oscar-Preis.

„Verstehe."

„Sie war damals schon ein erfolgreiches Model und ich dachte: *‚Wow, ich hab's geschafft.'* Als Sohn eines Fabrikarbeiters mit eigenen Klubs und einer Modelfreundin. Plötzlich war ich jemand."

„Du bist ja auch jemand, Neal", flüsterte ich.

Er sah zu mir herüber und da war dieses Knistern in der Luft. „Aber ich hätte nie gedacht, dass ich mal da lande, wo ich jetzt bin. Schlagartig war ich auf der Überholspur und mit Heather auch dauernd in der Presse. Immer mehr Prominente tauchten bei mir auf. Alles hat sich total gewandelt."

„Dann war sie also wie ein Sprungbrett für dich?"

Er lächelte schief. „Irgendwie schon. Aber deswegen waren wir nicht zusammen. Ich war echt verrückt nach ihr."

War?

Mein Herz legte einen Zahn zu. Mittendrin in all den wirren Gefühlen aus Eifersucht, die in mir schwirrten, schlimmer noch als bei der Hochzeit, spürte ich Hoffnung. Darauf, dass er womöglich bereit war, von ihr zu lassen. Ein Kapitel abzuschließen. Und war das überhaupt Liebe zwischen den beiden gewesen?

Ich seufzte und Neal schaute mich prüfend an. „Alles okay?"

„Klar, ich meine ..."

Ich steh total auf dich und muss unentwegt an unsere Küsse denken. Und du?

Ich räusperte mich. „Ich habe auch Träume."

Er lächelte sanft. „Und welche?"

Dass du Heather für mich vergisst. Das wir wirklich das Paar werden, dass wir im Moment nur vorgeben zu sein ...

„Dass Keira Knightley mal ein Kleid von mir auf dem roten Teppich trägt", sagte ich stattdessen.

„Wenn ich sie mal sehe, richte ich es ihr aus."

Seine Miene war völlig neutral. So als hätte er gerade bloß etwas über die grauen Wolken am Himmel gesagt.

„Du kennst sie?", krächzte ich.

Erst zuckte nur sein Mundwinkel. Dann lachte er plötzlich los.

„Nein, es war nur ein Scherz."

„Du frecher Kerl!“ Schmunzelnd schüttelte ich den Kopf.

„Aber falls ich sie jemals sehen sollte, sage ich es ihr“, versprach er. „Und jetzt hast du auch eine Homepage, die was hermacht.“

„Stimmt. Wenn Keira vorher mal über meine Seite gestolpert wäre, hätte sie die ganz schnell wieder zugemacht. So was Gruseliges hat sie bestimmt nicht mal in ihren Piratenfilmen gesehen.“

Ich schaute aus dem Fenster auf die Landschaft, die an uns vorbeizog. Das Polospiel fand offensichtlich in einem ländlichen Rahmen statt. Doch viel mehr als die Kulisse beschäftigte mich meine Feigheit. Ich hatte mir vorgenommen, mehr mit ihm zu flirten, aber dann kniff ich doch immer wieder.

Okay.

Ich musste mich zusammenreißen. Unser Date begann erst. Es würde der richtige Zeitpunkt kommen und ich würde ihn nutzen und Neal für mich gewinnen.

Genau.

So oder zumindest so ähnlich lautete mein Plan.

∞ 10 ∞

Als wir ankamen befanden wir uns eineinhalb Stunden außerhalb von London irgendwo im Nirgendwo. Neal hatte einen alten Landsitz angesteuert, der voll geparkt war mit Edellimousinen auf der einen Seite und Geländewagen mit Pferdeanhängern auf der anderen.

Wir standen ganz hinten und liefen nun über den Kiesparkplatz. Dabei knirschten die kleinen Steine unter jedem unserer Schritte.

Mehrere hundert Meter von der Einfahrt entfernt war ein privates Polofeld angelegt worden. Näher am Haus konnte ich auch Tennisplätze und einen riesigen Swimmingpool entdecken.

Ein bisschen kam mir die Veranstaltung wie ein gehobenes Picknick vor, das um ein Spielfeld herum abgehalten wurde. Überall standen helle Sonnenschirme, obwohl gar keine Sonne schien, und auf Tischen waren Häppchen angerichtet.

Hübsch gekleidete Männer, Frauen und auch ein paar Kinder saßen in Grüppchen zusammen und plauderten miteinander, während die letzten Vorbereitungen für das

Spiel getroffen wurden.

Es war ganz anders als ein Besuch im Fußballstadion. Alles ging hochgradig gepflegt, relativ leise und ohne Fan-Schals oder Bier vonstatten. Aber hier spielte auch keine Profiliga. Hier saßen Teenager auf den Pferden.

„Ist das hier der Vorstadtadel?“, fragte ich ihn und zupfte unbehaglich an meinem Kleid herum.

Die meisten Frauen trugen Perlen und sahen so spießig aus, als würden sie die Queen zum Tee erwarten.

Neal schien sich prächtig zu amüsieren. In erster Linie aber anscheinend über mich. „Du siehst gut aus. Mach dir keinen Kopf.“

„Sicher?“ Etwas verkrampft schaute ich ihn an.

Er legte seine Hand unter mein Kinn und strich mir über die Wange. „Ganz sicher, Rose.“

Vielleicht tat er das, weil man uns sehen konnte, aber womöglich war die Innigkeit in seinem Blick echt.

Ich benetzte meine Lippen und atmete tief durch. „Ich hatte wirklich keine Ahnung, was ich hierzu anziehen sollte.“

„Das Kleid ist ein Hit“, versicherte er mir. In seiner Stimme lag eindeutig ein rauer Schmelz.

Ich hätte vor Glück in tausend Teile zerspringen können, weil dieser Mann mit mir flirtete.

„Was ist das eigentlich für ein seltsames Polospiel?“, flüsterte ich, auch wenn wir gerade in niemandes Hörweite standen.

Neal lachte leise. „Siehst du die Leute am Spielfeldrand?“

Ich nickte.

„Das sind die Eltern oder andere Familienangehörige der kleinen Polostars auf dem Feld.“

Erstaunt sah ich ihn an.

„Wie bist du denn hier gelandet? Welches von den

Kindern ist deines?“, zog ich ihn auf.

Neal grinste. „Noch keins. Die beiden Söhne meines Bekannten spielen hier mit.“

Noch keins? Wollte er gerne Kinder?

„Von deinem Geschäftspartner für den Pariser Klub?“, hakte ich nach.

„Ja. Wie du siehst, haben die Leute hier viel Geld.“

„Und dann redet Ihr über das Geschäft, während seine Kinder da spielen?“

Neal lachte schon wieder. „Er hat mich eingeladen. Geld schläft nicht, Rose. Für die ist das ganz normal, auch am Wochenende über Investitionen zu sprechen.“

Wenn meine Mutter mich hier in dieser spießigen Kulisse gesehen hätte, dann würde ihr das glatt gefallen. Allerdings würde sie von diesem Auftritt wohl nichts erfahren, denn ich konnte nirgendwo Paparazzi ausfindig machen.

„Versteh mich nicht falsch, Neal. Es ist toll, dass du mich zu diesem aufregenden Polospiel mitgenommen hast ...“

„Ja, Frauen stehen auf echten Nervenkitzel“, feixte er. „Ich weiß doch, was ihr mögt.“

Ich zwickte ihm in den Arm.

„Au!“, machte er.

Allerdings hatte ich ihm nicht ernsthaft wehgetan, denn er grinste weiter fröhlich.

„... Aber hier ist keine Presse, oder? Wie soll Heather etwas von unserem Auftritt mitbekommen?“

Neal nickte zur Seite. „Siehst du die Frau im gelben Kleid?“

Ich schaute in die Richtung, die er mir wies, und fand eine gelangweilt wirkende Blondine, die immer wieder zu uns herüber schaute und mit ihrem schrillen Kleid wie ein Zitronenfalter aussah.

„Ja, die ist nicht zu verfehlen."

Er grinste. „Das ist Heathers Freundin Shannon."

„Aha, sie wird demnach die Buschtrommel für dich rühren."

Er nickte gewieft. Der schlaue Fuchs hatte also etwas viel Besseres als die Presse vor Ort.

„Welches ist ihr Kind?", wollte ich wissen.

„Keins. Sie ist mit einem reichen Witwer zusammen, dessen dreizehnjährige Tochter auf einen der Jungs aus der Polo-Mannschaft steht."

Jetzt musste ich ebenfalls kichern. Kein Wunder, dass diese Shannon so gelangweilt aussah. Sicher interessierte sie sich brennend für die Hormone des Sprösslings ihres reichen Dandys. Das Polospiel war für sie bestimmt ein echter Trost.

Es überraschte mich nicht, dass sie so oft zu uns schaute. Wir waren in ihren Augen vermutlich die einzige Attraktion hier, wenn sie Heather kannte.

„Nimmst du es Heather eigentlich gar nicht übel, dass sie etwas mit einem anderen Mann angefangen hat?", murmelte ich, bevor ich auch nur ansatzweise genauer darüber nachgedacht hatte.

Neal runzelte die Stirn.

Mist.

Offensichtlich war das eine Frage, die mich eher wenig anging.

„Rose ..."

Seine Stimme war ganz rau und sein meerblauer Blick so tief, dass ich darin Schiffbruch erleiden konnte.

„Vergiss es. Tut mir leid", sagte ich schnell.

Doch er sah mich weiter auf diese durchdringende Weise an, die alles in mir nach außen krempelte. Ob er nun wusste, dass ich mehr von ihm wollte? Er inszenierte das ja doch nur alles für Heather. Ich wünschte, es gäbe sie nicht.

„Neal!“, rief ein Mann hinter mir und wir blickten automatisch in seine Richtung.

Damit war diese eigenartige Blase zwischen Neal und mir geplatzt und ich war mir nicht sicher, ob ich das gut oder schlecht finden sollte. Jetzt lag etwas Unausgesprochenes zwischen uns.

Und eigentlich hätte ich ja doch gerne die Antwort auf meine Frage gewusst, ob es ihn gar nicht störte, dass Heather zwischendurch Liebesabenteuer mit anderen Männern startete. Wieso nahm er das hin?

„Das ist Freddie Weston, mein Bekannter“, informierte mich Neal. Dann grüßte er ihn auch schon. „Hallo Freddie. Das ist meine Freundin Rose Young.“

Ich schüttelte ihm artig die Hand. Der Mann war Mitte vierzig und trug eine teure Uhr an seinem Handgelenk, für die man vermutlich auch einen Sportwagen hätte kaufen können.

„Schön, dass ihr kommen konntet.“

„Ja, sehr gerne.“ Wir bummelten mit ihm zu einem der Tische mit Häppchen.

Ich beobachtete wie sich die Mannschaften in Position brachten und dann das Spiel begann. Von Polo hatte ich ehrlich gesagt überhaupt keine Ahnung, aber wenigstens schmeckten die Häppchen sehr lecker. Neal und dieser Freddie plauderten derweil über ihr Geschäftsprojekt.

„Würdest du uns kurz mal entschuldigen, Schatz?“, fragte mich Neal nach einer Weile und legte mir dabei seine Hand auf den Rücken, als wären wir wirklich vertraut miteinander. Er konnte das sehr gut, denn ich fühlte mich augenblicklich wie seine feste Freundin.

„Na, klar. Ich plündere so lange das Buffet.“

Die beiden verschwanden zum Haus und ich lud mir verschiedene Probierhäppchen auf meinen Teller. Der

Wind frischte langsam auf und trug die schwüle Hitze mit sich fort. Der Geruch von Pferden und gemähtem Rasen hing allerdings weiterhin schwer in der Luft.

Ich probierte gerade nichtsahnend eine gefüllte Tomate, als ich aus meinem Augenwinkel etwas Gelbes bemerkte. Als ich hinüberschaute, sah ich, dass sich der Zitronenfalter an mich heranpirschte. Verflucht, was wollte Shannon bloß von mir? Ich konnte Neal noch immer nirgends entdecken.

Da gelangte sie auch schon neben mir an.

„Oh, hallo“, säuselte sie so künstlich, dass ich mich am liebsten weggedreht hätte.

„Hi.“

Möglichst gleichgültig knabberte ich an einem Käsewürfel mit Weintraube.

„Du bist dann also wohl Neals neue Freundin“, fuhr sie fort.

Ich nickte nur und kaute auf meinem Essen herum.

„Ich bin Shannon“, stellte sie sich vor und schien nicht zu merken, dass ich lieber allein gewesen wäre. „Meine Güte, euer Foto war wohl in jedem Klatschblatt.“

„Kann sein.“

„Er hat Heather ja nie vor laufender Kamera geküsst“, bohrte sie weiter.

„Wer ist Heather?“, stellte ich mich doof.

„Na, Heather Rivera. Das Topmodel und seine Exfreundin.“

„Ach so.“ Ich lächelte unverbindlich und hielt ihr einen Olivenspieß hin. „Die sind wirklich lecker.“

Dabei mochte ich noch immer keine Oliven.

„Nein, danke. Für mich nicht. Ich achte auf meine Figur.“

Und ich nicht?

„Das ist ja schade, dass du deswegen nichts essen

darfst.“ Demonstrativ schob ich mir noch eine Weintraube in den Mund. „Mhm, köstlich.“

Sie machte ein pikiertes Gesicht und lehnte sich dann vertraulich an mich heran. „Damit solltest du lieber aufpassen. Wie man hört, steht Neal nur auf ganz spindeldürre Frauen, die in Size Zero passen. Er soll ja sogar Heather gesagt haben, sie müsse abnehmen.“

Das glaubte sie doch selbst nicht, oder? Shannon kam mir wie die reinste Schlange vor.

„Heather hat ja jetzt zum Glück einen neuen Freund“, plauderte sie weiter. „Einen unglaublich angesehenen Fotografen. Sie hat natürlich mit Neal Schluss gemacht.“

Natürlich.

„Umso besser für mich“, fand ich nur.

„Eine Frau mit Selbstachtung sollte sich nicht mit Neal abgeben“, lästerte sie weiter. „Er steht auf ganz perversen Sexkram. Das hat Heather selbstverständlich nicht mitgemacht.“

„Wirklich?“, hauchte ich andächtig.

Sie nickte bestätigend und ein triumphierendes Funkeln glänzte in ihren Augen.

„Wollte er etwa das Licht einschalten?“ Ich gab mich ganz entsetzt.

Ihre zufriedene Miene fiel in sich zusammen. „Ich wollte dich ja nur vor ihm warnen. Er ist sowieso noch nicht über Heather hinweg. Läuft ihr nach wie ein kleines Hündchen. Du bist bestimmt nur sein Notnagel.“

Ruhig durchatmen, Rose.

„Ja, aber dafür vögele ich unheimlich gerne bei eingeschaltetem Licht.“

Shannon blinzelte wie ein Erdferkel und wirkte leidlich geschockt. Sie reckte ihre Nase noch etwas höher. „Ich wollte dich wirklich nur ganz freundlich vor ihm warnen, damit er dich nicht verletzt.“

„Da bin ich mir absolut sicher. Ich denk dran, wenn Neal und ich nachher Sex haben werden. Und Heather kann ganz beruhigt sein. Er hängt schon längst nicht mehr an ihr.“

Schön wär’s.

℘ 11 ☙

Als Neal wiederkam, wirkte er sehr zufrieden.

„Na, hat alles geklappt?“, fragte ich ihn. Von meinen Häppchen hatte ich längst abgelassen, denn mir war nach Shannons Auftritt der Appetit vergangen.

Irgendwie würde ich Neal von unserer Unterhaltung berichten müssen, allerdings sah er gerade so gut gelaunt aus.

„Ja, Freddie ist dabei. Wir ziehen zusammen die Sache in Paris auf.“

„Das ist ja großartig, Neal.“

Er nickte und schnappte sich zwei Champagnerflöten für uns. „Lass uns darauf anstoßen.“

„Liebend gerne.“

Wir schlugen unsere Gläser aneinander und unsere Blicke verfingen sich. Neal wirkte so lebensfroh und voller Energie. Selbst der Trubel des Polospiels verblasste neben seiner Tatkraft. Ich freute mich, dass ich es war, die diesen Moment mit ihm teilte, und nicht Heather.

„Dann hat sich der Ausflug ja gelohnt“, sagte ich und

nippte am perlenden Schaumwein. Der schmeckte wirklich erstklassig.

„Willst du damit sagen, dass das Spiel dich nicht beeindruckt?"

Ich machte ein vielsagendes Gesicht und Neal lachte. Wir leerten unsere Gläser und stellten sie wieder ab.

Also gut, es musste ja doch raus.

„Shannon hat mich vorhin heimgesucht."

Seine Augenbrauen schoben sich irritiert zusammen. „Was wollte sie denn?"

„Ähm ..." Unsicher leckte ich über meine Lippen. „Sie wollte wohl, dass bei uns der Haussegen schief hängt."

Neal stöhnte und rieb sich die Stirn.

„Bitte, lass dir nicht die gute Stimmung verhageln", bat ich gleich.

„Was hat sie gesagt, Rose?"

„Dass du Heather noch immer hinterherläufst wie ein Hund."

Seine Kiefer mahlten aufeinander. Grimmig schüttelte er den Kopf. „Ich habe mich seit Edinburgh nicht mehr bei ihr gemeldet."

„Wirklich?", flüsterte ich erleichtert.

„Ja, wirklich." Sein Blick war aufrichtig und ich lächelte zaghaft.

„Du brauchst ihr auch gar nicht nachlaufen", flüsterte ich. „Jede Frau, die dich bekommt, kann sich glücklich schätzen."

„Rose", raunte er.

Ups. Der Schampus lockerte mir wohl etwas zu sehr die Zunge.

„Hat sie denn nicht auf unser Foto reagiert?", versuchte ich, mein Geständnis zu überspielen.

Neal nahm meine Hand. „Ich schätze, das hat sie erstmal nur für eine flüchtige Liebelei gehalten."

„Einen One-Night-Stand“, schlug ich vor.

„So in der Art.“

Ich kaute auf meiner Unterlippe.

„Das war noch nicht alles, oder?“, durchschaute er mich.

„Nein“, gab ich zu. „Shannon meinte, Heather hätte sich von dir getrennt, weil du auf perverse Sexspielchen stehen würdest.“

Er sah aus, als würde er Shannon am liebsten unangespitzt in den Boden rammen. Wobei ich mir nicht so sicher war, ob die Lügen bloß allein von Shannon oder nicht auch von Heather stammten.

„Mit der rede ich mal ein paar Takte.“

„Nein.“ Ich hielt ihn zurück. „Das will sie doch nur: dich vor aller Welt provozieren. Außerdem möchtest du doch vor den ganzen Kindern keine Szene machen. Am meisten wird sie sich ärgern, wenn wir gar nicht darauf reagieren.“

„Wie hast du denn in dem Moment reagiert?“, wollte er wissen.

Ich gluckste verlegen und beichtete ihm das kleine Wortgefecht.

Neal fing an zu lachen. Ich war so erleichtert, dass er mir meine Kommentare nicht krumm nahm.

„Ich hätte zu gerne ihr Gesicht gesehen“, schnaubte er.

Ich gab mein Möglichstes, um sie zu imitieren, und schob meine Nase zum Himmel hoch.

Neal legte seine Hand an meine Wange und streichelte sie sanft. „Danke.“

„Dafür doch nicht. Ich habe ihr eh kein Wort geglaubt.“

„Da bin ich froh.“ Seine Stimme war ein sexy Raunen und in meinem Bauch kribbelte es wild. Am liebsten hätte ich ihn geküsst.

Etwa zwanzig Meter weit weg sah ich Shannon hinter Neals Schulter stehen. Sie starrte gerade gelangweilt Löcher in die Luft. Aber das wusste er ja nicht.

„Shannon schaut gerade ganz gebannt zu uns“, flüsterte ich ihm zu. „Schnell, küss mich.“

Neals Lächeln vertiefte sich und er zog mich spontan an sich heran. Dann spürte ich auch schon seine Lippen auf meinem Mund und seufzte glücklich. Sein Körper war so wunderbar warm inmitten der doch recht frisch gewordenen Luft. Um uns herum rüttelte der Wind an den Tischdecken und ein paar Gläser klirrten, doch ich hatte nur Augen für Neal.

Ich schlang meine Arme um seinen Nacken und schmiegte mich an ihn. Sanft neckte ich ihn mit meinen Zähnen an seiner Unterlippe. Ich spürte, wie sein Brustkorb sich bewegte, weil er leise lachte. Und dann drang seine Zunge in meinen Mund ein und ich vergaß alles um uns herum.

Er küsste mich, als wäre dies der erste Kuss meines Lebens. Spielerisch und zärtlich. Ich streichelte über sein raspelkurzes Haar. Es kitzelte meine Handflächen. Am liebsten hätte ich sanft daran gezogen, doch das ging bei ihm nicht.

„Oh Gott, ich glaube es fängt an zu regnen!“, piepste eine schrille Frauenstimme seitlich von uns.

„Das Spiel geht nur noch zehn Minuten“, hielt ein Mann dagegen.

„Wir schwimmen hier bestimmt gleich weg“, fand nun auch eine andere Dame.

Ich rückte enger an Neal, weil mir sonst kalt würde.

„Seht nur, die Wolken sind ganz schwarz!“

„Aber mein Junge gewinnt gerade.“

„Meiner auch.“

Dann brach das Unwetter los. Der Himmel öffnete

seine Schleusen, als hätte jemand die Dusche voll aufgedreht. Der Schirm über uns kippte seitlich davon und dicke Tropfen strömten auf uns herab. Das reinste Chaos brach aus.

Neal schnappte sich meine Hand. „Komm!“

Wir rannten durch den prasselnden Regen. Während alle anderen zum großen Haus flüchteten, zog Neal mich Richtung Parkplatz davon. Das Kleid klebte an meinem Körper und meine Haare hingen tropfnass auf meine Schultern. Ich rutschte in den offenen Schuhen umher, weil das Wasser bis an meine Zehen drang.

„Ah!“, quiekte ich.

Himmel, war das plötzlich kalt. Der Weg zum Wagen kam mir endlos vor. Ich spürte, dass selbst meine Unterwäsche nass wurde. So einen Regen hatte ich schon lange nicht mehr erlebt, während ich im Freien war.

Es blitzte am Horizont und ein Donnern grollte über uns hinweg. Obwohl es Nachmittag war, wurde es um uns herum stockfinster. Die Tropfen platschten so dicht auf uns herab, dass ich keine hundert Meter weit sehen konnte.

„Hier“, rief Neal, als wir endlich beim Auto ankamen und er den Kofferraum aufriss.

Er schnappte sich eine Decke und wickelte mich darin ein. Dann bugsierte er mich durch die Beifahrertür.

Schlotternd wie ein nasser Hund saß ich auf seinem teuren Sitz und schob mir die Decke bis über den Haaransatz, damit nicht alles voll tropfte.

Ich hörte, wie der Kofferraum zuknallte. Dann riss Neal die Fahrertür auf, warf eine große Plastiktüte über seinen Sitz und ließ sich darauf fallen. Fluchend zog er die Autotür zu. Er startete den Motor und stellte die Heizung hoch.

„Gleich wird es wärmer“, versprach er und stopfte die Decke sorgsam um mich herum fest.

„Was machen wir jetzt?“ Ich blinzelte das Wasser aus meinen Wimpern.

„Willst du schon zurück?“ Neal suchte meinen Blick.

Ich schüttelte den Kopf und lächelte. „Ich will nicht weg von dir.“

„Gut.“ Er zog mich zu einem kurzen, aber sanften Kuss an sich heran und ich schmolz in seinen Armen trotz der Kälte und der Gänsehaut dahin. „Dann lass uns zusehen, dass wir erstmal trocken werden.“

„Okay.“

Passierte das gerade wirklich? Es war, als würde jemand bunte Raketen in meinem Bauch zünden und ein Feuerwerk bis hinauf zu meinem Herzen schicken.

Neal fuhr los. Ich starrte ihn an und erforschte sein Profil.

Er bemerkte, dass ich ihn beobachtete, und lächelte belustigt. „Meine krumme Nase muss ja spannend sein.“

„Allerdings.“

Er legte seine Hand auf mein Bein und fuhr einfach weiter.

Schließlich stoppte er den Wagen vor einem kleinen Hotel. Wir waren vielleicht zehn Minuten gefahren und noch immer über eine Stunde von London entfernt.

Fragend schaute ich ihn an.

„Ich wäre dafür, dass wir ein Zimmer nehmen, diese nassen Sachen ...“ Er zupfte an seinem durchnässten Shirt. „... gegen trockene Bademäntel austauschen und unsere Kleidung trocken föhnen.“

Trotz der Heizung war ich noch immer völlig durchgefroren, weil mein Kleid an mir klebte wie ein kaltes Tuch. „Gerne.“

„Einmal müssen wir noch durch den Regen“, warnte er

mich. „Bereit?“

„Bereit.“

Wir rissen die Autotüren auf, sprangen heraus und flitzten auf das Gebäude zu. Neal hielt mir die Hoteltür auf und ich schlüpfte ins Innere und schüttelte mich. Es fehlten eigentlich nur noch Hagelkörner.

„Bah, ist das kalt.“

Wir liefen zur Rezeption und ein freundlicher junger Mann wandte sich uns zu.

„Wir brauchen ein Zimmer“, erklärte Neal.

Der Rezeptionist klapperte an seinem Computer herum. „Normales Doppelzimmer?“

„Ja, wenn es dort trockene Bademäntel und einen Föhn gibt.“

Der junge Mann räusperte sich. „Bademäntel haben wir nur in unseren Spa-Zimmern.“

Ich beäugte erstaunt das blumige Ambiente des kleinen Hotels. „Sie haben einen Spa-Bereich?“

Ich wähnte mich bereits in einer warmen Dampfsauna.

„Ja, es gibt ein Kneipp-Bad für die Füße. Das ist sehr gut für die Durchblutung und hilft gegen Krampfadern.“

Die Vorstellung von einem kalten Becken trieb mir ein Schaudern über den Körper. Brrr.

„Dann nehmen wir eben ein Spa-Zimmer“, stimmte Neal zu. „So lange wir dann zwei Bademäntel bekommen.“ Neal sah den Angestellten fragend an.

„Ja, das lässt sich machen.“ Dann runzelte er die Stirn. „Da habe ich allerdings nur noch ein Einzelzimmer frei.“

Ich rollte mit den Augen und stand noch immer tropfnass vor der Theke. Inzwischen hatte sich eine Pfütze um meine Füße herum gebildet.

„Mir soll alles recht sein“, stöhnte ich.

„Aber wenn Sie zu zweit das Zimmer nehmen, muss ich es trotzdem als Doppelzimmer berechnen.“

„Das ist egal“, meinte Neal nun genervt und bestätigte die Buchung. Wir bekamen einen Schlüssel mit schwerem Metallanhänger. Anscheinend hielt man hier noch nicht besonders viel von Plastikkarten.

„Zimmer dreiundzwanzig im zweiten Stock.“

„Dankeschön“, bibberte ich.

Neal zog mich zum Fahrstuhl. Das Ding fuhr langsamer als ein Speiselift und zu allem Überfluss strömte kalte Luft aus dem Lüftungsgitter. Im Sommer war das sonst vielleicht eine gut gemeinte Idee, aber im Augenblick fror ich hundserbärmlich.

„Wir sind gleich da“, murmelte Neal und legte mir seinen Arm um die Schultern.

Ich kuschelte mich an ihn heran und war so froh, als wir endlich unser Stockwerk erreichten.

12

Das Zimmer ließ sich im besten Fall noch als kuschelig beschreiben, denn es war wirklich sehr klein. Aber das war ganz egal, weil ich mich unheimlich auf einen trockenen Bademantel freute.

„Geh ruhig zuerst duschen“ bot Neal mir an.

Aber ich hatte ja wenigstens noch seine Decke aus dem Auto. Er stand nur in seinen nassen Sachen vor mir und die Gänsehaut auf seinen Armen war ein deutliches Zeichen dafür, dass er mindestens genauso fror wie ich.

„Nein, bitte. Geh du zuerst.“

„Rose“, sagte er kopfschüttelnd und hielt mir die Tür zum Badezimmer auf.

Ich legte ihm die Hand auf die Brust, um ihn ins Innere zu schieben. „Aber dein Shirt ist ganz nass und ich hab ja noch die Decke.“

Ich spürte, wie sein Herz unter meiner Hand klopfte. Er strich mir eine nasse Strähne aus dem Gesicht.

„Ich werde nicht mit dir darüber streiten“, raunte er.

Sein Blick war dunkel. Aber das lag vielleicht daran, dass wir kein Licht eingeschaltet hatten und nur die

Blitze von draußen ab und zu durch das Fenster herein leuchteten, auf dem sich Ströme von Wasser hinab schlängelten und wundersame Schatten auf die Wände zauberten.

Wieder grollte ein Donner in der Ferne.

„Ich will auch nicht streiten“, hauchte ich.

Ein Wassertropfen lief aus seinem Haar über seine Wange hinab. Sein Gesicht war ganz nass und wunderschön. Für mich war er wunderschön.

„Rose“, flüsterte er erneut meinen Namen. Es gefiel mir so sehr, ihn zu hören.

Ich starrte wie gebannt auf seinen sinnlichen Mund. Die Zeit schien stillzustehen. Neal war plötzlich ganz nah. Ich spürte seine Hände auf meinen Schultern, die mir die Decke fort schoben. Sie landete mit einem dumpfen Geräusch auf dem Boden.

Sein Daumen rieb über meine Schulter und glitt unter meinen Träger. Sanft strich er ihn tiefer und küsste meine Haut. Ich taumelte gegen seinen Körper und er fing mich auf. Seine Hand schob sich in mein Haar und umfasste meinen Hinterkopf. Dann presste er seine Lippen auf meine.

Jede Kälte war vergessen. In mir glühte ein Fieber auf, das sich rasend schnell in meinem Körper ausbreitete. Ich schlang meine Arme um ihn und erwiderte seinen Kuss. Dieses Mal eroberte sein Mund mich mit einem solchen Hunger, dass ich stöhnte.

Mit fahrigen Bewegungen streifte er mein nasses Kleid ab und es landete klatschend auf dem Boden. Ich zerrte ihm das Shirt über seinen Kopf, weil es so klamm an meinem Bauch klebte und mich frösteln ließ. Er riss es sich von den Armen und schmiss es in eine Ecke. Nun stand er mit nacktem Oberkörper vor mir und ich sah, dass sich das aztekische Tattoo über seinen ganzen Arm hinauf bis über die Schulter und die rechte Brust erstreckte.

„Das ist atemberaubend, Neal.“ Mit den Fingern fuhr ich die Konturen entlang. Seinen Arm hinauf, an der Achsel vorbei. Schließlich umkreiste ich seine Brustwarze mit einer Fingerkuppe. Auf seiner Brust bildete sich eine Gänsehaut.

Er betrachtete meine Unterwäsche mit dem Rosenblütenmotiv und lächelte.

„Durch und durch eine Rose“, raunte er.

Neal öffnete den Verschluss meines Büstenhalters in meinem Rücken und streifte mir quälend langsam den Stoff von der Haut.

„Du bist so wunderschön“, sagte er mit heiserer Stimme und schluckte. Er warf den BH über die Stuhllehne neben uns und berührte meine Brüste. Seine Daumen rieben über meine Brustspitzen. „Wie zwei Rosenknospen ...“

Seine Berührung trieb wohlige Schauder durch meinen Körper. Der Raum war erfüllt vom Geräusch des Regens, der an die Fensterscheibe prasselte. Draußen knackten Äste. Während die Welt im Wasser versank, flatterten Schmetterlinge in meinem Bauch. Ich lehnte mich gegen ihn, stellte mich auf die Zehenspitzen und küsste ihn. Seine Haut schien zu brennen.

Er presste mich an sich, hob mich hoch und trug mich ins Badezimmer. Als er das Licht einschalten wollte, brannte die Lampe durch und es blieb dunkel. Ich kicherte, weil ich an meinen Wortwechsel mit Shannon denken musste.

„Du wolltest doch nicht wirklich so pervers sein und das Licht beim Sex anmachen, oder?“

Er küsste meine Nasenspitze. „Ich wollte nur Licht beim Duschen anmachen. Haben wir etwa noch Sex?“, zog er mich auf. Doch seine Stimme klang so kehlig und verheißungsvoll, dass er das mit dem Sex eindeutig wusste.

Dabei streifte er mir den Slip von den Beinen. Ich stieg heraus und schob ihn mit dem Fuß fort. Neal kniete vor mir am Boden und arbeitete sich küssend an meinem Bein entlang aufwärts. Er drückte mich gegen die Tür und ich spürte den Bademantel, der daran hing, in meinem Rücken.

Sanft schob er meinen Schenkel zur Seite und presste seinen Mund auf meinen Schoß. Atemlos hielt ich mich am Türknauf fest. Neal teilte meine Schamlippen mit seinen Fingern und streichelte mich.

„Wie zwei rosige Blütenblätter", behauptete er und küsste mich erneut.

Ich fühlte seine Zunge an meiner Perle und wurde feucht. Neal stöhnte und gab sich voll und ganz seinem intimen Zungenkuss hin. Meine Knie wurden weich und ich hatte Mühe, mich auf den Beinen zu halten. Ich krallte meine Hand fester um den Türgriff und klammerte mich mit der anderen Hand am Duschtuchhalter fest. Stöhnend schloss ich die Augen und genoss seine leidenschaftlichen Küsse.

Neals Hände kneteten dabei meinen Hintern, während er immer hungriger von mir kostete. Himmel, war der Mann gut! Ich raste mit hundert Sachen auf meinen Höhepunkt zu.

„Oh Gott, Neal", wimmerte ich und kratzte mit meinen Nägeln über das Metall.

Aber er hörte nicht auf. Stattdessen ließ er meinen Po los und schob zwei Finger in mich hinein, während er mich weiter leckte. Gekonnt massierte er mich von innen und außen, stieß immer wieder in mich hinein und umkreiste meine Klit mit seiner Zungenspitze, um sie dann in seinen Mund zu saugen.

Ich bäumte mich auf und kam ziemlich laut und keuchend. Inzwischen spürte ich keinen Knochen mehr in meinem Körper.

Neal küsste sich meinen Bauch entlang hinauf und erhob sich.

Dabei stöhnte er und streckte seine Knie durch. „Diese Fliesen sind echt gnadenlos."

„Du aber auch", flüsterte ich matt.

Er zog mich in seine starken Arme und hielt mich einfach nur fest. Mir war wohlig warm und ich roch an seinem Nacken. Er duftete nach Regen und Mann.

Ich spürte seine nasse Hose an meinem Beinen kleben. Der arme Kerl war noch nicht einmal richtig ausgezogen. Zärtlich streichelte ich über seinen Bauch und öffnete den Knopf an seinem Bund. Dann zog ich den Reißverschluss auf und schob ihm die Hose zusammen mit seinen Boxershorts über die Hüften.

Sein Hintern fühlte sich wunderbar knackig an, war aber ganz kalt von den nassen Sachen.

„Du brauchst dringend eine heiße Dusche", murmelte ich.

Er zog sich ganz aus und stand nackt im dunklen Raum vor mir. Seine helle Haut strahlte im schummrigen Licht. Außerdem ragte sein Schwanz hart auf. Wir waren längst noch nicht fertig.

Neal drehte die Dusche auf und wartete, bis warmes Wasser kam. Dann trat er an mich heran und schob mich langsam in die kleine Duschkabine. Sein Körper war mir dabei so nah, dass ich seine Erregung an meinem Bauch spürte. Das Wasser hüllte uns wunderbar ein und wärmte uns bis in die Zehenspitzen durch. Es war himmlisch.

Neal drehte mich um, seifte meinen Rücken ein und drängte sich von hinten an mich. Ich spürte seinen Penis zwischen meinen Pobacken und rieb mich an ihm. Er stöhnte und massierte meine Haut. Seine Hände wanderten vor zu meinen Brüsten und streichelten mich voller Verlangen. Ich stellte mich auf die Zehenspitzen, stützte mich an den Fliesen ab, und ließ seinen Schwanz zwischen meinen Beinen entlanggleiten.

„Oh, Rose“, stöhnte er und machte ein paar stoßende Bewegungen. „Ich habe hier kein Gummi.“

Zitternd nagte ich an meiner Unterlippe und flüsterte: „Ich nehme die Pille.“

Seine Hände glitten über meinen Rücken bis zu meinem Po und kneteten ihn voller Lust. Er stieß einen leidenschaftlichen Seufzer aus. „Bist du sicher?“

Ich nickte und das Wasser strömte über meinen Körper. „Ja.“

Neals Hand wanderte an seinen Schaft. Er winkelte seine Knie leicht an, brachte sich in Position und stieß dann tief in mich hinein. Wir keuchten beide laut auf. Er fühlte sich unglaublich gut an.

„Oh Gott, Rose“, keuchte er. „Du bringst mich um den Verstand.“

Langsam kreiste ich mit meinen Hüften gegen seinen Schoß und er glitt vor und zurück. Seine Hand landete in meinem nassen Haar und zog meinen Kopf zu sich heran. Ich drückte meinen Rücken zu einem Hohlkreuz durch und er drang noch tiefer in mich ein.

„Ja!“ Seine Stimme war heiser und hungrig.

Das Wasser spritzte um uns herum. Es war dunkel und heiß in der Dusche. Ich legte meinen Kopf in den Nacken und schloss die Augen. Mit den Nägeln kratzte ich über die Fliesen.

Neals Hand wanderte nach vorne zwischen meine Beine und massierte mich erneut. Unser atemloses Stöhnen mischte sich unter das Prasseln des Wassers und das Klatschen unserer Körper aufeinander, jedes Mal, wenn Neal seinen Schwanz tief in mich hineinstieß. Ich spürte, dass ich kurz davor war zu kommen, und ließ mich völlig in den Moment fallen.

Der zweite Höhepunkt war noch heftiger als der erste und ich schrie kurz auf.

Neal drückte seine Hüften fest an mich und drang ein letztes Mal tief in mich ein. Dann erstarrte er regelrecht in seiner Bewegung und keuchte auf. Momente später schlang er seine Arme um mich und presste mich mit aller Kraft an sich. Sein Atem war heiß in meinem Nacken.

Ich spürte, wie er aus mir herausrutschte. Sanft drehte er mich zu sich um und küsste mich so zärtlich, als wäre ich sein kostbarster Schatz.

Alles war wunderbar. Er war endlich bei mir.

Später lagen wir eng umschlungen in dem winzigen Bett, das eigentlich nur für eine Person gemacht war.

„Ich dachte, ich müsste sterben, als ich dich in diesem heißen Kleid gesehen habe“, flüsterte Neal.

Ich schmiegte mich in seine Arme und malte Kreise auf seiner Brust. „Wann?“

„Als ich dich vorhin abgeholt habe.“

Dann hatte ich trotz des Wetters wohl doch die richtige Kleiderwahl getroffen. Inzwischen hingen unsere Sachen ausgespült und ausgewrungen zum Trocknen über der Leine im Bad.

„Dann habe ich gute Nachrichten für dich, weil ich es nachher wieder anziehen muss. Ich habe nichts anderes dabei.“

Er lachte leise. „Du ziehst heute gar nichts mehr an. Ich will hier die Nacht mit dir verbringen.“

„In diesem engen Zimmer?“

„Absolut. Das ist unser Liebesnest und sobald ich wieder einsatzbereit bin, werde ich dich hier in diesem Bett vernaschen, wie man das eigentlich so macht."

Ich bohrte ihm den Finger in die Seite und grinste. „Ich habe ja schon gehört, dass du auf ganz perversen Sexkram stehst."

„Ja, Lady Rose, Sex im Bett gehört auch dazu."

„Ich weiß nicht, ob ich so ein Mädchen bin", gluckste ich.

„Oh, doch. Ich bin mir sicher. Dann werde ich mir deine langen Beine um meine Hüften wickeln und die gute alte Missionarsstellung ausprobieren."

„Das geht wirklich zu weit, Neal. Ich mache nur die Löffelchen- und die Hündchenstellung."

Lachend vergrub ich mein Gesicht an seiner Haut.

„Ich habe so das Gefühl, du nimmst die Sache nicht richtig ernst." Dabei stand ihm der Schalk ins Gesicht geschrieben. „Ich muss wirklich noch mal deine tollen Beine in dem Kleid loben. Vielleicht liebe ich dich auch mal, wenn du es anhast."

„Ach wirklich?"

„Ich hatte ja gehofft, dass mir ein kleiner Windstoß zu einer besseren Aussicht verhelfen würde, als wir zum Picknick gelaufen sind."

„Du Schwerenöter." Ich klappste ihm die Hand auf die Schulter und biss sanft hinein.

„Geht es dir gut?", fragte er mich und streichelte mein Haar.

„Wunderbar."

„Mir auch."

„Ich bin froh, dass ich den falschen Koffer erwischt habe", gestand ich.

„Ja, wobei mich das grüne Kleid schon irritiert hat, als ich meine Tasche aufgemacht habe. Die

Damenunterwäsche war allerdings ganz hinreißend."

Ich küsste mich an seinem Tattoo entlang. „Das Ding gefällt mir."

„Freut mich. Es geht nämlich nicht mehr weg."

„Ich hatte noch nie einen tätowierten Freund. Das ist so aufregend", sagte ich kichernd.

„Du willst mich doch bloß deiner Mutter vorstellen", spottete er.

„Unbedingt." Ich kreiste mit der Zunge über seine Brustwarze und biss sanft hinein.

Das sorgte für eine eindeutige Reaktion bei ihm und er zog mich auf seinen Schoß. „Du willst es wirklich wissen, oder?", raunte er.

„Warte, ich muss doch noch die Lampe einschalten", scherzte ich.

Neal fing meine Hand ein. „Ist das nicht ganz schön pervers?"

„Du musst es ja wissen."

Er zog mich zu einem Kuss auf sich herunter. Das Gewitterleuchten von draußen war das einzige Licht, das zu uns ins Zimmer fiel. Ich wickelte mir die Decke um den Rücken und richtete mich auf seinem Schoß auf. Dabei setzte ich mich langsam auf sein hartes Glied und spießte mich an ihm auf, denn jetzt, da ich Neal hatte, bekam ich einfach nicht genug von ihm. Ich wollte ihn süchtig nach mir machen. Wollte, dass er mir so sehr verfiel, wie ich ihm verfallen war.

Und in einer einzigen Nacht versuchte ich, alle heißen Träume, die ich von ihm gehabt hatte, aufzuholen und auszuleben. Doch das war ganz unmöglich, auch wenn Neal sich nach Kräften bemühte.

꧁ 13 ꧂

Die Sonne schickte ein paar spärliche Strahlen durch die noch immer dicke Wolkendecke. Doch heute war der Himmel zementgrau und nicht mehr so schwarz verhangen und gewitterig wie am Tag zuvor. Es war später Nachmittag, weil wir erst irgendwann in den Morgenstunden eingeschlafen waren und dann tief und fest geschlummert hatten.

Ich saß auf dem Bett und föhnte Neals Hose trocken. Während alle anderen Sachen über Nacht von alleine getrocknet waren, war der dickere Stoff noch klamm geblieben. Aber das machte nichts. Ich fühlte mich wunderbar entspannt und genoss die warme Luft auf meinen Fingern. Dabei trug ich einen von Neals mühsam ergatterten Bademänteln.

Neal sah mir grinsend bei der Arbeit zu und lag nackt im Bett. Der Mann sah geradezu verboten heiß aus und machte seinem Spitznamen, Mister Sexy, alle Ehre. Ich hatte ihn letzte Nacht ein paar Mal so genannt und er hatte ziemlich leidenschaftlich darauf reagiert. Die Erinnerung daran zauberte mir ein Schmunzeln aufs

Gesicht.

Da der Lärm des Föhns alles übertönte, hatten wir nicht einmal den Fernseher eingeschaltet. Aber immerhin brannte zum ersten Mal die Nachttischlampe. Letzte Nacht hatte der verrückte Kerl sie mich einfach nicht einschalten lassen und sich bei meinen diversen Versuchen nur zu unzähligen Sexwitzen verleiten lassen.

Als ich schließlich mit seiner Hose fertig war, bedankte er sich bei mir.

„So eine persönliche Betreuerin für Mode ist ja gar nicht schlecht“, bemerkte er.

„Ja, das mache ich nicht für jeden.“

„Das hoffe ich doch.“ Das Feuer in seinen Augen zeigte mir deutlich, dass er gerade nicht vom Föhnen sprach.

Bevor er mich zu einer weiteren wilden Tour im Bett schnappen konnte, hüpfte ich wie eine Elfe mit dem Föhn davon und steckte ihn wieder im Bad ein.

Als ich zurückkam, zog Neal sich gerade an. Wir hatten beschlossen, nicht noch eine Nacht in diesem blumigen Hotel zu verbringen. Das Bett war eher hart, weit und breit konnte man nichts unternehmen und allmählich wurde mir schwindlig von den ganzen Blümchenmustern, die hier überall angebracht waren. Bei Tageslicht hatte ich entdeckt, dass sogar die Badezimmerfliesen Kornblumensträuße als Motiv hatten. Es gab nicht mal eine Minibar, aber wenigstens einen Wasserkocher. Also hatten wir uns einen Tee nach dem anderen aufgebrüht, als wären wir bei meinen spießigen Eltern zu Gast. Dabei hatte ich herausgefunden, dass Neal nur Earl Grey trank, aber Kamillentee widerlich fand.

„Willst du mal sehen, wie klein ich früher angefangen habe?“, bot er mir an. „Du kennst ja nur das *Dark*

Purple, aber bis dahin war es ein langer Weg."

Nach einem ganzen Tag in diesem winzigen Zimmer hatte ich riesige Lust auf einen ausgedehnten Ausflug.

„Ja, das würde ich mir sogar sehr gerne anschauen."

„Aber lach nicht, wenn du den Laden siehst", ermahnte er mich.

Ich hob artig die Finger zu einem Indianerschwur.

„Gehört dir dein erstes Lokal denn immer noch?"

Er nickte. „Ja, ich hätte es zwar längst verkaufen können, doch irgendwie erinnert es mich daran, woher ich komme und wie alles anfing. Das ist sentimental, aber der Laden macht weiterhin Gewinne, also schadet es auch nichts."

„Jetzt bin ich echt neugierig."

So toll der Bademantel auch war, ich zog ihn aus und schlüpfte in mein Kleid von gestern.

„Jetzt haben wir gar nicht das *großartige* Kneippbad ausprobiert", fiel mir ein.

„Das ist aber schade." Neals Stimme klang ganz so, als würde er das kein bisschen schade finden. Dabei wäre es sicher lustig gewesen, Neal im Kreis durch das kalte Wasser zu jagen und dabei Witze über Krampfadern zu machen, gegen die das ja so prima helfen sollte.

„Ja, wo wir doch extra das Spa-Zimmer haben."

Wir blickten uns beide in dem engen Raum um und schüttelten die Köpfe. Das war genauso sehr Wellness, wie man vom Karottenessen rote Haare bekam. Sonst gäbe es nur noch orange Kaninchen. Eigentlich eine drollige Vorstellung.

So spärlich das Zimmer auch gewesen war, ich hatte eine unglaubliche Nacht darin verbracht. Nun schlenderten wir Hand in Hand zur Rezeption, um auszuchecken.

Dort stand wieder derselbe geschäftstüchtige Mann

wie vom Vortag und stellte fest, dass leider schon elf Uhr vorbei war, weshalb Neal eine weitere Nacht berappen musste. Neal nahm es mit Humor und zum Glück kostete selbst dieses höchst exklusive Spa-Zimmer in dem kleinen Hotel kein Vermögen.

„Das wäre doch die Idee“, scherzte ich beim Rausgehen. „Ein Spa-Klub in Paris.“

Neal lachte und jagte mich zu seinem Auto. „Jetzt weiß ich wieder, weshalb ich meine Klubs lieber selber plane.“

„Aber Schatz, das kannst du nicht ernst meinen. So ein paar Bademäntel und etwas Gymnastikmusik für Wasserturnübungen wären doch eine tolle Idee“, behauptete ich kichernd. „Die Pariser würden verrückt danach sein.“

„Bleib du mal besser bei deinen Kleidern, Rose. Für eine Karriere in der Klubbranche sehe ich echt schwarz bei dir.“

„Nein, du siehst *purple*.“

„Ich geb dir gleich *purple*.“

Wir fuhren Richtung Ipswich, der Stadt aus der Neal stammte, und ich freute mich riesig darauf, eine Reise in seine Vergangenheit zu machen. Ich konnte mir auch beim besten Willen nicht vorstellen, dass er so eine Fahrt mal mit Heather unternommen hatte. Dieses Model musste ohnehin vollkommen hohl sein, wenn sie diesen tollen Mann hatte gehen lassen.

„Okay, ich war noch nie in Ipswich. Was gibt es dort denn Spektakuläres?“, quetschte ich ihn aus.

„Meine Bar natürlich.“

„Ja, natürlich“, gluckste ich und kuschelte mich in Neals Decke ein. Auch wenn meine Sachen nicht mehr nass waren, fand ich das Ding wirklich gemütlich. Zudem sah der Himmel so grau aus wie eine

Geröllandschaft. Das lud zum Einkuscheln ein. Immerhin war das Umland zauberhaft grün und mit Wiesenblumen übersäht.

„Außerdem hatten wir dort vor einigen Jahren mal einen Serienmörder."

Ich schauderte in meinem Sitz. „Das ist ja grässlich, Neal."

„Ich kann nichts dafür. Der war nun mal in Ipswich."

„Ist er jetzt weg?"

Fröstelnd vergrub ich mich unter der Decke und lugte mit großen Augen über den Saum hinweg in Neals Richtung.

Er amüsierte sich schon wieder über mich. Vermutlich weil ich aussah, wie Englands größter Angsthase. „Keine Panik. Er sitzt schon seit Jahren im Gefängnis."

„Gut."

„Außerdem hätte er dir sowieso nichts getan. Er hat Prostituierte ermordet."

„Die armen Frauen." Ich wollte mir das überhaupt nicht vorstellen.

Er nickte. „Kein guter Job."

„Gibt es auch was Schönes in Ipswich?"

„Meine Bar."

Ich lachte und klappste ihm auf den Arm. „Da muss es doch mehr als eine Bar und einen inhaftierten Serienmörder geben, Neal."

„Nein." Er grinste mich an. Dann rückte er doch mit der Sprache heraus: „Es ist eigentlich ein ganz hübscher Ort. Wie es sich gehört, haben wir natürlich eine eigene Brauerei und einen Fußballklub. Außerdem besitzen wir einen Hafen, denn ein Stück flussabwärts liegt schon das Meer. Und ich bin ganz stolz darauf, verkünden zu dürfen, dass der erste Rasenmäher der Welt in Ipswich produziert wurde."

„Wow“, gab ich mich beeindruckt. „Bestimmt habt ihr dafür an jedem Kreisverkehr Rasenmäher-Denkmäler aufgestellt, oder?“

„Nein, auf diese famose Idee sind wir noch nicht gekommen.“

„Wieso hast du eigentlich diesen breiten Londoner Dialekt, wenn du aus Ipswich stammst?“, hakte ich nach. Das war das erste, was mir an Neal aufgefallen war.

„Ich kann natürlich auch wie früher sprechen ...“

„Au ja, bitte.“

Neal brabbelte ein paar Sätze in seinem alten Dialekt. Das konnte er tatsächlich. Dann erklärte er wieder in der Mundart, die ich von ihm kannte: „Aber London ist meine Wahlheimat. Ich habe mir ein Bein dafür ausgerissen, um mir eine Existenz dort aufzubauen, und ich bin verdammt stolz drauf.“

„Das kannst du auch sein“, lobte ich ihn. „Ich bin jedenfalls sehr fasziniert von dir.“

Ich grinste und wackelte mit den Augenbrauen.

Neal lachte. „Du darfst mich doch nicht so vom Autofahren ablenken.“

„Sind wir schon da?“, probierte ich gleich mal den alten Nervensägenspruch.

Neal rollte nur mit den Augen.

„Kann man’s schon sehen?“, setzte ich nach.

Weil wir auf einer vollkommen geraden Landstraße entlangfuhren und hier im Moment allein waren, ließ er sich dazu hinreißen, so zu tun, als würde er seinen Kopf auf das Lenkrad hauen wollen, wobei er im Takt mit dem Daumen die Hupe auslöste.

„Hey, hör auf. Uns hält noch die Polizei an“, quiekte ich.

Der Kerl war doch verrückt. Aber sehr liebenswert.

Eine Stunde später erreichten wir Ipswich.

Es war größer als ich es mir vorgestellt hatte und sah gar nicht einmal so scheußlich aus. Es gab sogar ein paar richtig hübsche Häuschen, doch das kam natürlich auf die Gegend an. Neal unternahm eine richtige Stadtrundfahrt mit mir und zeigte mir unter anderem, wo er schon gewohnt hatte. Insgesamt war seine Familie innerhalb der Stadt dreimal umgezogen, je nachdem wie es ihnen finanziell gerade gegangen war. Neal erzählte mir, dass er noch zwei Brüder hatte: einen älteren und einen jüngeren.

„Das Wohnhaus war schon früher nicht so hübsch, aber jetzt ist es noch mehr heruntergekommen“, sagte er und deutete auf einen Blockbau, der wohl einmal gelb gewesen war, doch nun bloß noch nach einem dreckigen, hellen Braun aussah.

„Und hier war die beste Ecke, wo wir mal gewohnt haben“, erzählte er an einer anderen Stelle. Wir parkten neben einem roten Backsteinhaus. „Hier fand ich es richtig cool zu leben. Ich hatte mein erstes eigenes Zimmer. Leider lag es direkt neben dem einzigen Bad und ich habe ständig die Toilette gehört.“

„Wie aufregend, Neal“, sagte ich schmunzelnd.

„Je nachdem, wie viel die Leute essen, ist es das auch.“

„Oh, mein Gott!“ Ich machte ein entsetztes Gesicht und Neal amüsierte sich königlich.

„Da hinten unter der Eisenbahnbrücke bin ich immer Skateboard gefahren. Einmal hat’s mich richtig hingelegt und ich hatte eine Gehirnerschütterung. Ich bin mit dem Kopf gegen diesen Pfeiler dort vorne gedonnert.“

Er zeigte erst zu der Stahlstrebe etwa fünfzehn Meter vor uns und dann auf eine Stelle an seinem Kopf, wo ich unter dem kurzen Haar, das er immer trug, eine Delle ausmachen konnte. Vorsichtig strich ich mit der

Fingerkuppe durch die Vertiefung.

„Du hast da richtig eine Kerbe“, staunte ich.

„Angeknackst.“

Ich schüttelte den Kopf und drückte ihm einen Kuss auf seine samtigen Lippen.

Neal lächelte wie ein zufriedener Kater. „Wofür war der?“

„Dafür, dass du dich nicht umgebracht hast.“

Er klopfte sich mit der Faust an den Kopf. „Betonschädel.“

„Du hast ’nen Knall“, flüsterte ich und küsste ihn erneut.

„Mhm, du schmeckst wie eine Rose.“

Ich rollte nur mit den Augen, weil er wirklich einen süßen Knall hatte.

„Sonst küsse ich ja eigentlich keine Rosen“, beteuerte er, „aber ich bin mir da ganz sicher. Schon die Zeitung hat geschrieben: *The kiss of Rose.* Und wenn es in der Zeitung steht, muss es ja stimmen.“

Gerührt presste ich die Lippen aufeinander, weil mir sonst glatt herausgerutscht wäre, dass ich mich in ihn verliebt hatte. Wir sahen uns eine ganze Weile nur tief in die Augen. Sein Blick war so warm. Schließlich schluckte Neal und riss sich von meinem Anblick los.

„Ich zeige dir jetzt, wo ich zur Schule gegangen bin, okay?“

Ich nickte nur stumm und lächelte glücklich.

Er fuhr mit mir zu seiner alten Schule, aber natürlich hatte sie an einem Sonntag geschlossen, so dass wir sie nur von außen besichtigten. Dann brachte er mich zu seinem Lieblingsbäcker und andere Plätze, an denen er sich früher gerne aufgehalten hatte.

Schließlich parkte er den Wagen in der Nähe des Hafens. Der Duft vom Wasser lag in der Luft und ich hörte Möwen schreien, als läge das Meer bereits vor der Tür. Selbst der Wind war eher wie am Strand als wie in einer Stadt.

Hand in Hand schlenderten wir an den Booten vorbei. Viele Kneipen hatten Tische an die Straße gestellt und überall saßen Menschen, die tranken und lachten. Wir entdeckten sogar einen kleinen Rummel. Neal kaufte mir rosa Zuckerwatte, von der er mir die Hälfte stahl. Danach schmeckten unsere Küsse wunderbar süß und klebrig.

Wir schauten den lachenden Kindern auf einem Kettenkarussell zu. Leider war es nicht für Erwachsene gemacht, doch ich hatte auch so das Gefühl, an seiner Seite zu schweben.

Schließlich brachte er mich als Highlight unseres Ausflugs zu seinem ersten eigenen Lokal. Inzwischen war es schon fast Mitternacht. Aber Neal musste sich als Inhaber nicht um die Zeiten des Schankbetriebs kümmern.

Im Keller gab es eine Kegelbahn, die so alt aussah, als wäre sie aus der Zeit von Prinz Charles' und Lady Dianas Hochzeit. Es roch nach Holz und muffigen Lederschuhen. Digitale Anzeigen gab es nicht, hier wurde der Spielstand noch mit Kreide auf Tafeln eingetragen. Und diese Tafeln hatten schon so viel Kreide gesehen, dass sie gar nicht mehr richtig sauber wurden, egal wie lange ich auf dem grünen Board herum putzte.

„Rose, gleich löst sich die Tafel auf", sagte Neal lachend und stellte mir ein paar Lederschuhe hin.

„Das ist das Highlight für jedes Mädchen", fand ich und wischte mir meine Hände an einem Frotteelumpen sauber, der nach Kalk roch. „Tafeln putzen und getragene Lederschuhe anziehen."

„Ich sag doch, ich weiß, worauf die Frauen stehen. Das Polospiel war doch nur zum Aufwärmen.“

Er zwinkerte vergnügt und schnürte sich selbst ein paar der Lederschuhe zu.

Ich hatte bestimmt schon hundert Jahre nicht mehr gekegelt und Neal erklärte mir die Spielregeln und wie ich mich am besten hinstellen sollte, wenn ich die Kugel abrollte. Dabei gab er mir gezielt Stellungshilfe und drückte mir seine Hüften an den Po. Natürlich warf ich komplett daneben. Doch obwohl ich haushoch verlor, war es ein richtig lustiger Abend.

Dann gingen wir wieder hinauf in die Schankstube. Inzwischen musste es schon zwei Uhr sein. Neals Schankwirt spülte gerade die Gläser aus und hatte offensichtlich schon alle Gäste nach Hause geschickt. Das Lokal war eher wie ein Pub aufgebaut. Zu essen gab es nur Eintopf mit Brot. Ansonsten wurden bloß Getränke gereicht. Aber natürlich hatte Neal noch etwas anderes für mich bereitstehen. Das schien zu seinen Bars wohl dazuzugehören. Er stellte mir eine Schale mit Nüssen hin. Diesmal waren es Erdnüsse.

„Wir haben gerade Country-Wochen“, erklärte er und deutete auf das ganze Stroh, das am Boden lag. Dazwischen fanden sich unzählige Erdnussschalen. „Du futterst die einfach so und wirfst die Schalen dann auf den Boden.“

Neal machte es mir vor und kaute dann gut gelaunt auf ein paar Nüssen herum.

„Das ist wirklich urig“, scherzte ich und machte gleich mit.

„Ich weiß doch, wie sehr du meine Nüsse magst.“

Glucksend schüttelte ich den Kopf. „Dir ist schon klar, dass man das auch ganz anders verstehen kann.“

Unschuldig hob er die Hände. „Woran du immer

gleich denkst. Ich dachte natürlich an Erdnüsse, Cashewkerne und Macadamia ..."

„Ja, ja", unterbrach ich ihn. „Da bin ich mir sicher."

„Wobei man ja bestimmte Nüsse nur lutschen darf, nicht kauen ..."

Ich warf ihm eine Nuss an den Kopf, doch er grinste bloß frech.

Wir knabberten ein paar Erdnüsse und dann schmiss Neal die Duke-Box an, während sein Barmann um uns herum aufräumte. Als er damit fertig war, sagte Neal zu ihm: „Ist schon gut, Harry, ich schließe nachher ab."

Harry tippte sich zum Gruß an die Stirn, wünschte uns noch eine gute Nacht und ließ uns allein.

Neal tanzte hauteng mit mir, bis der Morgen graute. Er verwob seine Finger mit meinen und lehnte meinen Kopf an seine Schulter. Wir unterhielten uns stundenlang, lachten und küssten uns dann wieder. Die Zeit trieb dahin, süß wie Zuckerwatte.

Und für mich hätte es für immer so weitergehen können.

ꕤ 14 ꕤ

Wir trafen erst gegen neun Uhr früh wieder in London ein. Der montägliche Berufsverkehr verstopfte die Straßen, doch an Neals Seite hatte ich alle Zeit der Welt.

„Wollen wir zu mir gehen?“, lud er mich ein und schaute erwartungsvoll zu mir herüber. Sein Blick brannte vor Hunger.

Weil wir gerade an einer Ampel standen, nutzte er die Gelegenheit, um mit meinem Haar zu spielen. Er wickelte sich eine Strähne um den Finger und zog mich daran zu sich heran, um mich zu küssen. Ich war ihm ganz und gar ausgeliefert und erwiderte seine Leidenschaft. In seinem Kuss glühte ein Versprechen davon, dass er mich in seinem Bett ausziehen wollte.

Sanft kreiste er mit seiner Zunge um meine, als es hinter uns hupte.

Verlegen lächelnd ließen wir voneinander ab und Neal fuhr weiter.

„Ich würde sehr gerne mit zu dir kommen“, beantwortete ich seine Frage.

Ich war gespannt, wie Neal wohl wohnte. Ganz sicher

würde seine Wohnung etwas über ihn aussagen. Bilder an den Wänden, Fotos auf Regalen, vielleicht kleine Sporttrophäen oder sogar Sammelautos. Wer wusste das schon? Ich war mehr als neugierig.

Aber der Ausflug an diesem Wochenende hatte mir ganz deutlich gezeigt, dass er einfach wie für mich gemacht zu sein schien. Wenn ich mir irgendeinen Mann backen könnte, würde ich mir Neal backen. Er war in meinem Herzen.

Nach sechs Jahren als Single, in denen ich im Grunde nur ab und zu ein paar Dates und einige Techtelmechtel gehabt hatte, hätte ich es mir nicht träumen lassen, dass ich mich noch einmal so sehr in einen Mann verlieben könnte wie damals zu Teenagertagen. Meine Gefühle für Neal kamen mir noch schöner vor als jene, die ich einst für Simon gehabt hatte. Sollte meine Schwester glücklich mit ihm werden. Ich hatte mein eigenes Glück gefunden.

Das Kribbeln war in meinen Bauch und mein Herz zurückgekehrt. Der Himmel schien voller rosaroter Luftballons zu hängen. Endlich hatte Amor einmal Zielwasser getrunken und sein Pfeil hatte ins Schwarze getroffen.

Neal parkte seinen Wagen vor einem eleganten Wohnkomplex in der Nähe des Hydeparks. Hier waren alte Stadthäuser saniert und aufgemotzt worden. Ein bisschen erinnerte es mich an meine Wohnung in Islington, nur dass Neal ein paar Preisklassen höher abgestiegen war.

„Ich habe eine Dachgeschosswohnung“, informierte er mich.

Das sah nicht nach dem luftigen Loft mit Backsteinwänden und Metallstreben aus, das ich mir eigentlich bei ihm vorgestellt hätte. Doch das Image seiner Klubs war eine Sache, sein Zuhause anscheinend eine ganz andere.

Wir stiegen die hübschen Steinstufen zu seinem Apartment hinauf.

„Ich kann dir wieder einen Tee machen“, feixte er. „Im Hotel warst du ja ganz scharf drauf.“

„Nur weil es nichts anderes gab. Ab und zu trinke ich das schon gerne, aber nach einer durchtanzten Nacht wäre ich eher für einen starken Kaffee zu haben.“

„Ein Espresso für Lady Rose kommt sofort“, versprach er, während er seine Wohnungstür aufschloss.

Doch als er sie öffnete gefror mir das Blut in den Adern. Schön wie ein Engel stand Heather mitten in seinem Flur und strahlte Neal an.

„Überraschung, Liebling!“, zwitscherte sie zuckersüß.

Liebling?

Ich stolperte einen Schritt nach hinten, als wäre ich gegen eine Wand gelaufen. Eine Wand, die mich nun zurückprallen ließ. Mein Magen wollte sich umdrehen. Das konnte nicht sein. Das musste einfach ein Irrtum sein. Sie hatte ihn doch gar nicht mehr gewollt.

„Heather“, staunte Neal. „Was machst du denn hier?“

„Ich habe die Maschine aus New York genommen, um dich zu überraschen.“ Noch immer hatte sie diesen Singsang in der Stimme. Mich schien sie gar nicht wahrzunehmen, als wäre ich nun sowieso abgeschrieben.

„Das ist dir allerdings gelungen“, gab Neal zu.

Nein, bitte nicht.

Mein Herz begann zu rasen und es hatte nichts mit der Treppe zu tun.

„Das mit der Trennung war eine dumme Idee“, säuselte Heather. „Du bist doch mein Schatz.“

„Ähm ...“ Neal drehte sich zu mir um. „Rose, würdest du uns bitte allein lassen? Ich muss ...“

„Ja, natürlich“, krächzte ich mit trockenem Hals und stürmte die Treppen herunter.

„Rose!“, rief Neal.

Doch ich rannte hinaus und sprang die letzten beiden Stufen auf einmal herunter, weil ich nur noch von dem Anblick der beiden fort wollte. Dabei kam ich ungeschickt auf, aber ich rannte einfach weiter.

Mein Fuß war auch gar nicht gebrochen. Mein Herz war es.

Ich lief zum Park und hörte erst auf zu rennen, als ich das Metalltor passierte und die Rasenflächen erreichte. Hier im Hyde Park war die Welt noch in Ordnung. Sauber gemähtes grünes Gras und Bäume, in denen das Laub leise raschelte. Vögel zwitscherten, weil Juni war und die Regenwolken langsam vorbeigezogen waren.

Leute führten ihre Hunde spazieren oder schoben ihre Kinderwagen. Andere joggten, wieder andere lasen Zeitung auf den Bänken, die es an verschiedenen Ecken zu finden gab. Alles sah so normal aus, doch nichts fühlte sich mehr normal an.

Es war, als gehörte ich nicht zu der Welt um mich herum. Tränen kullerten aus meinen Augen. Ich hatte es ja eigentlich von Anfang an gewusst. Seine Worte geisterten durch meinen Kopf: *„Ich hole mir Heather zurück.“*

Und ich hatte auch noch gesagt: *„Gut so. Schnapp sie dir, Tiger.“*

Ich war so dumm gewesen. Dumm und betrunken. Und ich hatte nicht gewusst, dass ich ihn für mich allein würde haben wollen.

Ich lief immer weiter.

Auch, als ich auf der anderen Seite des Parks wieder herauskam.

Auch, als meine Füße zu brennen begannen, weil die

Sandaletten mit den hohen Absätzen nicht dafür gemacht waren, dass man stundenlange Spaziergänge in ihnen unternahm.

Der Schmerz an meinen Füßen brannte nicht halb so scharf wie der in meiner Brust. Ich erinnerte mich an unsere Küsse, an den Sex in der Dusche, an die Hingabe zwischen uns, als hätte es nur uns beide auf der ganzen weiten Welt gegeben.

Drei Stunden später kam ich völlig verheult in meiner Wohnung in Islington an. Als ich meinen Schlüssel aus der Tasche kramte, fiel mir die *Purple Card* in die Hände, jene Eintrittskarte für Neals Kluberöffnung. Für einen Moment erstarrte ich und wollte am liebsten schreien. Dann schob ich sie beiseite und holte stattdessen meinen Schlüssel hervor.

Ich hatte drei schlimme Blasen an meinen Füßen, die versorgt werden mussten. Im Badezimmer zog ich mir vorsichtig die Sandaletten aus. Schniefend ließ ich mir kaltes Wasser in die Wanne ein und hielt meine wunden Füße hinein.

Natürlich war dieser Gewaltmarsch im Nachhinein eine vollkommen blöde Idee gewesen. Aber er hatte mich von meinen Gedanken abgelenkt und auch davon, alleine in meine Wohnung zurückzukehren und mich in einem Alltag ohne Neal wiederzufinden.

Mein Telefon klingelte ein paar Mal, doch ich ging nicht ran.

Ich hatte wirklich nicht den Nerv dafür, mit meiner Mutter zu telefonieren oder Tante Rose zu gestehen, dass ich mein Herz an einen liebenswerten Bad Boy verloren hatte, der nun wieder bei seiner perfekten Modelfreundin gelandet war.

Stattdessen schlurfte ich in die Küche und kochte mir eine Tütensuppe mit der Geschmacksrichtung Tomate und Reis. Weil ich so viel weinte, schaffte ich es sogar, dass mir die Suppe anbrannte. Suppe! Warum ließ ich nicht gleich Wasser anbrennen?

Als meine Nase so geschwollen aussah wie die von einem Nilpferd, klingelte es an meiner Tür. Das waren vermutlich meine fleißigen Schneiderlein. Die Montagsvorlesung musste langsam vorbei sein. Sie hatte ohne mich stattgefunden und das würde sie vermutlich auch morgen tun.

Ich gab mir einen Ruck und bediente die Sprechanlage. Sheila, Benny und Lulu hatten es wirklich nicht verdient, dass ich sie draußen stehenließ. Doch es war keiner der drei. Stattdessen meldete sich ein Postbote. Ich lief zu ihm herunter und nahm ein Paket in Empfang.

Mein Herz schlug plötzlich höher, weil ich genau erkannte, dass es einer von Neals Kartons war. Hatte er mir am Ende vielleicht eine Überraschung geschickt, um mir zu sagen, dass alles wieder gut werden würde und Heather ruhig in der Wüste versauern konnte?

Hoffnungsvoll lief ich damit die Treppen hinauf. Ich war noch immer barfuß, weil meine Füße aussahen, als hätte ich gerade die ersten zehn Ballettstunden meines Lebens am Stück genommen. Doch ohne die Schuhe tat es nicht mehr so weh. Und mit dem Päckchen in meiner Hand ging es mir fast wieder gut.

Eilig flitzte ich in die Küche und schnitt die Klebestreifen durch. Dann schob ich den Deckel auf und wähnte mich schon drei Dutzend roter Rosen gegenüber. Doch stattdessen lag darin ein lila Kleid in einer unserer durchsichtigen Versandtüten.

„Wieso würde Neal mir mein eigenes Kleid schicken?“

Ratlos zog ich es aus der Tüte.

Das war nicht von Neal.

Das war einfach nur eine Rücksendung. Eine

getragene Rücksendung. Meine Welt brach in Scherben zusammen. Irgendeine unserer Kundinnen musste es eine Nacht zum Tanzen angehabt haben, denn ich sah deutlich die Schweißränder unter den Ärmeln. Sie hatte einen Retourzettel ausgefüllt mit: „Farbe entspricht nicht der Erwartung."

Fassungslos starrte ich auf das Kleid. Das durfte einfach nicht wahr sein. Am liebsten hätte ich es mit der Schere zerschnitten, verbrannt und in die Mülltonne gestopft. Doch ich legte es einfach nur zurück in die Schachtel und verzog mich heulend ins Badezimmer.

ꕤ 15 ꕤ

„Hallo?“, hörte ich jemanden von draußen und es hämmerte gegen meine Badezimmertür. „Rose?“

Lulu?

Was machte sie denn in meiner Wohnung?

Vorsichtig drückte sie die Klinke herunter, denn ich hatte nicht einmal abgeschlossen. Sie fand mich weinend neben der Wanne auf dem Boden kauernd.

„Rose!“, rief sie ganz entsetzt und stürzte auf mich zu. „Meine Güte, wie siehst du denn aus?“

Sie schloss mich in ihre Arme und schaukelte mich wie ein Baby, das sich die Knie beim Krabbeln aufgeschürft hatte.

„Shhh“, murmelte sie. „Alles wird gut.“

Sie hatte ja keine Ahnung.

Ich schniefte nur und schlang meine Arme um sie. Es tat so gut, nicht mehr allein zu sein.

„Verlass mich nicht“, schluchzte ich.

Lulu wirkte reichlich verwundert, hielt sich aber tapfer an die Mutterrolle. „Aber nein, meine Süße, ich verlasse dich doch nicht. Ich bin immer bei dir und nähe dir lila

Kleider."

Die Erinnerung an das ramponierte *Purple Dress* auf meiner Küchentheke trieb mir weitere Tränen in die Augen und ich schluchzte noch mehr.

„Okay, ich nähe dir keine lila Kleider?", probierte Lulu es ganz ratlos.

„Alles ist vorbei", jammerte ich.

„Was redest du denn da?"

Ich schniefte und sie riss mir von der Toilettenrolle ein paar Blätter ab und drückte sie mir in die Hand.

„Hier, jetzt schnaub mal kräftig durch", verlangte sie.

Dankbar nahm ich das Papier und putzte meine zugeschwollene Nase, was allerdings wenig brachte.

„Gibst du mir bitte das Nasenspray aus dem Medizinschrank?", fragte ich sie mit belegter Stimme.

Lulu sprang sofort auf und durchstöberte meine Hausapotheke. Dann reichte sie mir ein kleines Fläschchen und ich sprühte mir davon in meine Nase, um wieder atmen zu können.

„Du siehst ja aus wie ein verheulter Pandabär", fand Lulu.

„Danke."

„Was ist denn bloß passiert? Ich komme hoch und deine Wohnungstür steht sperrangelweit offen. Und dich finde ich hier weinend im Badezimmer."

Ich brachte es nicht über mich, ihr zu gestehen, dass Neal nun wieder mit Heather zusammen war. Daher erzählte ich ihr lieber von dem kleineren Übel.

„Eine Kundin hat uns ein Kleid total durchgeschwitzt und verklebt zurückgeschickt. Es riecht nach Bier und sie sendet uns das einfach so als Reklamation!"

Fassungslos pulte ich am zerknautschten Toilettenpapier in meinen Händen.

Lulu sah aus, als würde sie gleich einen Vulkan

anzünden gehen. „Das gucke ich mir sofort mal an“, verkündete sie und lief aus dem Bad.

Offensichtlich wurde sie fündig, denn ich hörte es rascheln und dann rief sie auch schon: „So eine Frechheit!“

Kampflustig stürmte sie zu mir ins Bad zurück. „Die muss darin tanzen gegangen sein.“

Lulu drehte es in ihren Händen, roch am Stoff und rümpfte die Nase. „Das bekommt die auf jeden Fall zurück und dann wird sie gefälligst bezahlen. Ich nähe mir doch hier nicht den Arsch ab, damit ich so behandelt werde. Das hat keiner von uns verdient.“

Sie faltete das Kleid ordentlich zusammen und steckte es zurück in die Versandtasche. Dann legte sie es wieder in die Schachtel und klemmte sie sich unter den Arm.

„Ich kümmere mich darum“, versprach Lulu. „Die Nummer von Neals heißem Anwalt kenne ich ja. Mit dem regele ich das.“

„Wirklich?“, hauchte ich dankbar.

„Aber ganz klar. Nun komm, das ist kein Weltuntergang. Und vielleicht baut es dich ja auf, wenn ich dir sage, dass unten vor der Tür eine schicke Limousine auf dich wartet. Der Fahrer hat mir dieses Kärtchen für dich gegeben. Er meinte, du wüsstest dann schon, wohin es geht.“

Fahrer? Limousine?

Ich schaute sie aus großen Augen an.

Lulu gab mir eine Visitenkarte. Sie war von Ralph! Oh mein Gott. Neals Fahrer wartete unten auf mich?

„So kannst du aber nicht gehen“, fand Lulu und schob mich vor den Spiegel.

„Um Himmels Willen“, stöhnte ich. „Ich sehe aus, als würde ich Kinder in der Geisterbahn erschrecken wollen.“

„Ja, und das ist noch harmlos ausgedrückt." Lulu kicherte. Sie war vermutlich der einzige Mensch, der so etwas sagen konnte und dabei noch charmant wirkte.

„Aber ich kann ja nicht nur Kleider nähen", beteuerte sie und stellte die Schachtel beiseite. „Jetzt rufe ich diesen Ralph mal an und sage ihm, dass er noch zehn Minuten warten soll, und dann stylen wir dich ein bisschen auf. Wie es scheint, hast du eine Verabredung."

Am liebsten wäre ich sofort los gerannt, weil ich einfach nur wissen wollte, weshalb Ralph da war. Aber ich wollte Neal, falls ich ihn wirklich gleich treffen würde, nicht in meinem gegenwärtigen Look gegenübertreten. Damit würde ich ihn doch endgültig vertreiben.

Die zehn Minuten mussten einfach drin sein.

Lulu klingelte bei Ralph durch und vertröstete ihn sehr höflich. Dann schminkte sie mich so voller Tatendrang, als wäre sie eine gelernte Visagistin. Ich war so froh, dass sie sich um mein Make-up kümmerte, weil meine Hände so stark zitterten, dass ich nur krumme und schiefe Lidstriche gezogen hätte, mit denen ich ausgesehen hätte, als wollte ich auf eine Voodoo-Party gehen.

„Ich kann wirklich zaubern", fand sie ohne falsche Bescheidenheit.

Wenn Lulu etwas in die Hand nahm, gab sie stets hundert Prozent. Diese Kundin würde noch bereuen, so dreist versucht zu haben, sich um die Bezahlung zu drücken. Ich konnte mir Lulu gar nicht mehr wegdenken.

Als ich mich nun im Spiegel betrachtete, konnte ich kaum glauben, was sie da in einer Viertelstunde bewerkstelligt hatte. Meine Haare waren geglättet und schimmerten wie Seide. Meine rote Nase und die verquollenen Augen hatte sie sehr gut überschminkt. Ich sah fast wieder normal aus.

„Dankeschön“, hauchte ich und drückte sie.

Lulu grinste nur und schob mich aus dem Bad hinaus.

„Los jetzt“, scheuchte sie mich.

Ich suchte mir flache Ballerinas, in denen meine wunden Füße nicht so gequält wurden, und flitzte die Stufen hinab. Als ich zur Haustür hinaus eilte, stand da wirklich Neals Fahrer mit dem großen Schlitten. Er hielt mir die hintere Tür auf, lächelte und winkte mich herein.

Ungläubig und mit schlotternden Knien krabbelte ich ins Fahrzeug und brauchte drei Anläufe, bis ich mir den Gurt angelegt hatte, weil ich so aufgeregt war. Ich presste meine Hände flach auf den Schoß, damit sie ruhiger wurden, und starrte aus dem Fenster.

Den Weg kannte ich schon. Ralph brachte mich zum *Dark Purple*. Es war Mittag und niemand sonst hielt sich beim Klub auf. Nervös stieg ich aus.

„Bitte hier entlang“, sagte er zu mir und lotste mich durch den runden Eingang.

Die Tür sperrte er hinter uns wieder ab. Schließlich war überhaupt nicht geöffnet. Trotzdem drangen die sanften Klänge von Musik an mein Ohr. Eine Ballade schwebte durch den Raum. Ich erkannte die wunderschöne Melodie und die samtig-rauchige Stimme des Sängers: »*Kiss from a rose*« von Seal.

Der Klub lag ganz verlassen da, wodurch er riesengroß wirkte. Die Lichtshow war eingeschaltet und verbreitete eine surreale Stimmung. Das war alles wie ein Traum.

Ralph führte mich zu der Empore und geleitete mich die Treppe hinauf. Als ich auf der VIP-Galerie ankam, erspähte ich Neal. Er stand hinter der Bar und schüttelte einen Cocktail-Shaker. Sein Anblick traf mich wie eine warme Woge. Ich hatte befürchtet, ihn nicht mehr wiederzusehen.

Ralph legte mir die Hand in den Rücken und brachte mich an die Bar.

„Das ist ein ganz besonderer VIP-Gast", erklärt er Neal. „Sie besitzt eine *Purple Card.* Also darf sie alles bestellen, was sie will. Alles", betonte er.

Dann nickte er mir lächelnd zu und zog sich zurück. Es war wie eine Reise zurück zu unserem allerersten Abend.

„Möchtest du gerne einen Champagner?", fragte mich Neal, so wie der Barkeeper es mir damals angeboten hatte.

Ich schluckte und schüttelte den Kopf.

„Nein, ich nehme einen Martini." Mit trockenem Hals fügte ich an: „Geschüttelt, nicht gerührt."

Neal zwinkerte mir zu. Das Lächeln in seinem Gesicht hob meine Welt aus den Angeln. „Kommt sofort."

Ich krallte mich an der Theke fest, weil ich es im Grunde noch immer nicht glauben konnte.

Was machte er hier?

Und wo war Heather?

„Bitteschön, hier ist dein Drink." Dazu stellte er mir eine Schale mit Nüssen auf den Tisch. „Möchtest du auch hiervon? Die Spezialität des Hauses."

Ich nickte nur stumm. Mein Mund war wie Pappe.

„Du weißt ja", raunte er mir zu. „Du darfst hier alles haben, was du willst."

Sein Blick war so durchdringend und blau, dass ich darin versank.

„Alles", beteuerte er.

„Auch den Barkeeper?", flüsterte ich.

Er lächelte dieses wunderschöne sexy Lächeln, das ich so sehr an ihm liebte. „Eigentlich bin ich ja der Inhaber. Nimmst du den auch?"

Ich atmete zittrig durch und kämpfte schon wieder mit

den Tränen. „Was ist denn mit Heather?“

„Welche Heather?“, stellte Neal sich unwissend. „In meinem Leben gibt es keine Heather.“ Er lehnte sich über die Theke und fasste nach meiner Hand. „Nur eine Rose.“

Dann strich er mit dem Finger über meinen Handrücken und ich bekam Gänsehaut. Alles war wie damals. Und trotzdem war alles anders.

„Oh mein Gott“, flüsterte ich. Schon wieder rollten Tränen über meine Wange. Ich konnte sie nicht mehr aufhalten.

Neal wischte sie mir mit seiner anderen Hand fort. „Es ist alles okay, Baby. Es gibt nur noch dich und mich. Ich habe sie weggeschickt.“

Ich legte meine Hand an sein stoppeliges Haar und strich darüber. Ganz leicht spürte ich die kleine Delle an seinem Kopf. Er war wirklich hier.

„Darf ich mir vielleicht auch etwas bestellen?“, fragte er mich, während wir so über die Theke gebeugt dastanden. Unsere Blicke verschmolzen miteinander. Ich würde mich wohl nie daran gewöhnen, wie strahlend blau seine Augen waren. Im Moment spiegelte ich mich in ihnen.

„Alles, was du willst“, wisperte ich glücklich.

„Dann nehme ich gerne noch einen *Kiss of Rose*.“

Und dann lehnte er sich ganz zu mir herüber und zog mich zu einem schier endlosen Kuss auf seine Lippen an sich heran.

꧁ EPILOG ꧂

Durch den Klub hallt ein Remix von »*Kiss from a rose*«. Der DJ, den Neal für diesen besonderen Abend angeheuert hat, spielt das Lied extra für uns.

Es ist voll im *Le Magique.* Aber das ist kein Wunder, denn es ist die Eröffnungsnacht von Neals neuem Pariser Klubs. Wir sind in der Stadt der Liebenden. Nichts könnte passender sein, denn wir sind glücklich miteinander.

Um die Tanzfläche herum gibt es acht große Podeste, auf denen kugelförmige Käfige montiert sind. In jedem von ihnen steckt ein Akrobat, der mit seinen Kunststücken auch im *Cirque du Soleil* auftreten könnte.

Nichts erinnert hier an die futuristische Kulisse des *Dark Purple.* Alles schwelgt in dieser französischen Dramaturgie aus Zauber und Artistik. Die Farben sind schillernd und warm. Gelb- und Rottöne fügen sich aneinander. Ein Hauch von *Moulin Rouge* liegt in der Luft.

Speziell für den Anlass habe ich mir ein leuchtend kupferfarbenes Kleid geschneidert. Mittlerweile läuft mein kleines Geschäft mit den Kleidern sehr gut. Ich bin weit weg von den großen Modenschauen dieser Welt, aber ich bin zufrieden, wie alles seinen Gang nimmt. Sheila, Benny und Lulu gehören inzwischen fest zu meinem Team.

Ich sitze an der VIP-Bar und trinke einen Martini. Es befinden sich noch genau zwei Oliven in meinem Getränk und ich kann sie klar und deutlich erkennen. Eigentlich mag ich ja keine Oliven, trotzdem esse ich sie immer wieder, denn irgendwie komme ich auch nicht davon los. Es sind so viele gute Erinnerungen mit ihnen verbunden.

„Du musst dann wohl meine Freundin sein“, höre ich eine sexy Männerstimme neben mir sagen.

Ich lächele und schiebe mein Glas von mir fort.

„Das ist wohl die dümmste Anmache aller Zeiten, findest du nicht?“

Neal setzt sich neben mich und klaut mir eine Olive. Wie immer hat er raspelkurzes Haar und verführerisch blaue Augen. Er schüttelt den Kopf und grinst.

„Kann ich nicht finden. Mit dem Spruch habe ich eine ganz tolle Frau kennengelernt.“ Er lehnt sich zu mir vor und streicht mir eine Strähne hinter das Ohr. „Eine echte Rose.“

„Ach, tatsächlich?“

„Eine schottische Rose“, bekräftigt er.

„Das ist ja spannend.“

Er nickt, steht auf und zieht mich an sich heran. „Ich weiß genau, wie du hier reingekommen bist. Und entweder bist du meine Freundin oder aber eine Diebin, die sich in die Lounge meines Klubs gestohlen hat. Was meinst du?“, erinnert er sich an seine Worte von damals.

Ich meine vor allem, dass ich für immer seine Freundin sein will.

„Also gut, Mister Sexy“, sage ich und hauche ihm einen Kuss auf den Mund. „Vielleicht könnte ich eine Weile bei dir bleiben.“

„Nur eine Weile?“, wundert er sich.

Ich wühle in meiner Tasche und krame die exklusive Eintrittskarte für den heutigen Abend hervor, die er mir feierlich überreicht hat. Ich weiß, dass es wieder nur eine von dieser speziellen Sorte gibt. Dieses Mal glänzt sie in Rotgold.

„Das kommt ganz darauf an, wie lange das Ding gültig ist“, erkläre ich und drehe die Karte prüfend hin und her.

Neal rupft sie mir aus der Hand und lässt sie in seiner Tasche verschwinden.

„Hey!“, beschwere ich mich.

Doch er lächelt mich nur an. „Ich muss dir die noch mal neu ausstellen.“ Er verwebt seine Finger mit meinen. „Für die Ewigkeit.“

Wir tanzen und ich gebe ihm einen weiteren *Kiss of Rose.* Einen von vielen. Sie sind alle nur für ihn.

Für die Ewigkeit.

ꞏ ENDE ꞏ

ꟈ Lesen Sie mehr von Anna Faye ꟈ

Kennen Sie schon: Red Hot – The colour of Ruby?

Ruby ist Tänzerin im *Sinful Pleasures*. Nicht gerade ihr Traumjob, aber ein guter Weg, um in London über die Runden zu kommen. Zumindest solange niemand in ihrem Umfeld davon erfährt. Doch dann wird sie eines Nachts von Tyler Barnes erkannt, einem Mann, mit dem sie vor einigen Jahren im Streit auseinanderging. Jemand, der auch ihre Familie kennt.

Er bietet ihr an, ihr Geheimnis für sich zu behalten, doch er will, dass sie exklusiv für ihn in seinem Apartment tanzt.

Nur ist das längst nicht alles. Tyler will mehr. Viel mehr …

Ruby muss sich eingestehen, dass er einen verführerischen Reiz auf sie ausübt. Aber was davon ist echt, wenn er sie bezahlt?

Und was soll sie von so einem Mann bloß halten?

13119196R00080

Printed in Poland
by Amazon Fulfillment
Poland Sp. z o.o., Wrocław